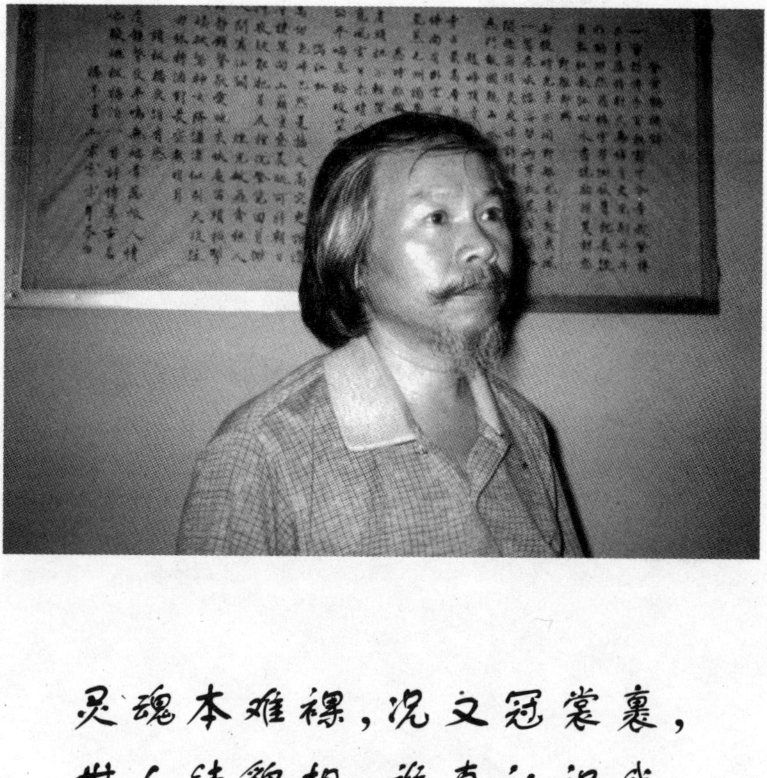

灵魂本难裸，况文冠裳裹，

世人徒貌相，谁真认识我。

KUANGSHIYIN

狂诗吟

周国志 著

成都时代出版社

图书在版编目(CIP)数据

狂诗吟/周国志编著. —成都: 成都时代出版社,
2008.5
ISBN 978-7-80705-774-1

Ⅰ. 狂… Ⅱ. 周 Ⅲ. 古体诗—作品集—中国—当代
Ⅳ. I227

中国版本图书馆 CIP 数据核字(2008)第 049440 号

狂 诗 吟
KUANGSHI YIN

周国志 著

出品人 秦 明
特约编辑 张洪兴
责任编辑 曾绍东
责任校对 陈德玉
装帧设计 符 蓉
责任印制 陈晓蓉

出版发行 成都传媒集团 · 成都时代出版社
电 话 (028)86619530(编辑部)
(028)86615250(发行部)
网 址 www.chengdusd.com
印 刷 成都蜀雅印务有限公司
制 版 成都市标点制版印务中心
规 格 152mm×230mm 1/16
印 张 12
字 数 110 千
印 数 1—4000 册
版 次 2008 年 4 月第 1 版
印 次 2008 年 4 月第 1 次印刷
书 号 ISBN 978-7-80705-774-1
定 价 32.00 元

目　录

寓意诗（代序）

太息骚坛沉寂久，猛听西南狮怒吼。
意匠心兵布阵奇，狂怪直泻江涛走。
又若惊奔万马临，蹄声踏地地犹抖。
霓霞凝聚日月光，荡漾宇宙逼星斗。
此际方现先生形，无冠无冕无锦绶。
非佛非道亦非儒，五短身躯面黑黝。
布囊仅见数册书，长卷铺天笔如帚。
含笑不言挥丽句，乱撒飞花拂杨柳。
墨汁横空泼淋漓，响韵琤琮势来陡。
忽而为喜忽悲伤，令人瞠目舌钳口。
先作翻新变调吟，龙蛇交错丝弦纽。
继为急咏复清啸，箫笛和鸣击鼓缶。
长篇短制各相宜，铭心刻骨魂难守。
慧辞妙谕胜良师，哲言警策过益友。
平生自恨郁塞多，对此堪倾百壶酒。
复视侧畔同观者，有似倾心有摇首。
试把先生较古人，瘦岛寒郊直鸡狗。
苏黄若遇定扪心，李杜遭逢徒敛手。
此外遑与论他人，如让昆仑比培塿。
况今文苑荆棘深，置之当代谁能偶。
遍把诗词问古今，如此英才世少有。
我歌我读我徘徊，岂任宵小为诋丑。
天公终遣斯人出，万岁千秋诚不朽。
读罢欢欣思绪灵，也拟仿效来运肘。
转觉孤灯半不明，始悟晨辉穿户牖。

七律

狂诗一束

一

天意茫茫也费猜，千年诗史欠奇才。
自从李杜声名巨，纵使苏黄亦做陪。
前代遗篇堆古董，后人诸作等童孩。
岂甘大雅垂荒废，重振雄风看我来。

二

李杜虽为世所尊，凡胎肉体亦非神。
爱文岂可无超越，好古当然有继存。
已向群书搜典范，别开新面扫灰尘。
诗坛莫让成荒秽，再立撑天一巨人。

三

自古文辞画梦乡，借他聊以慰愁肠。
无才岂可充名士，有种何妨傲帝王。
屈服懦如绳系马，驯良蠢类案屠羊。
叹人活得冤和累，纵作诗词不敢狂。

四

诗坛震动要能人，奋笔何曾信鬼神。
早把艰难当助力，更将荣辱视浮尘。
心存道法原无相，岁尽寒冬会有春。
万岫千峰嫌矮小，劈开云雾显昆仑。

五

重担伸肩敢独扛，佳词妙造竞光芒。
笔冲文阵无双勇，气扫诗坛第一狂。
异想奇思超李杜，雄篇伟句压苏黄。
不甘顺史嵌名姓，大雅千秋要做王。

六

毕生精力未容荒，文字犹堪作战场。
世拥荒唐能不辨，人无胆识敢呈狂。
诗扛李杜神情逸，词敌苏辛气势昂。
诗圣诗仙名已占，当然只合做诗王。

七

浩然正气自堂堂，责任于身未肯忘。
良骥奋蹄存远志，雄鹰展翅竞高翔。
妙辞盈卷非为妄，才识横胸岂是狂。
不信请翻千载史，有谁敢说做诗王。

八

自由辽阔马无缰，万缕霞光涌太阳。
立地高歌风浩浩，仰天长啸意茫茫。
尽倾肝胆情怀壮，独耸头颅气势昂。
屈指古今骚雅士，谁堪敌我傲和狂。

题斋壁

未逢时势展宏图，耻与乡邻互龃龉。
拔剑狂歌能怎样，吟诗作赋又何如。
已栽清逸半园竹，得养幽闲满架书。
我亦抱才高处卧，有谁三顾到茅庐。

登　高

咏古吟今实壮哉，乾坤在眼独登台。
长途漫漫思良骥，大雅悠悠盼斗魁。
旷宇遥飞孤鸟去，狂流终绕万山来。
天风亦厌骚坛寂，为扫阴云接霸才。

呈诗词学会诸公

地冻天寒会有春，雄才孰让久沉沦。
搜经析典为求道，驳鬼斥妖岂信神。
走走停停成白首，清清醒醒看红尘。
我来迟到休轻慢，谁是诗坛第一人。

题　壁

才气超人信有余，挥毫壁上爱留题。
昂头坐岭常观鸟，袖手临江不羡鱼。
赌典酒倾孔北海，携篮菊采马东篱。
超然行世如庄子，惠子之流勿遣疑。

赤壁游

大江横贯望迷茫，失意人生易感伤。
问尔谁优和孰劣，知他孰弱又谁强。
疏杨堤下渔舟过，密荻丛边水鸟翔。
指点山川思运数，闲登赤壁羡周郎。

过草原

独立冈头望眼舒，草原千里意何如。
驱羊放马牧当业，近水依洼帐结庐。
大地为毡花朵绣，长天作纸雁行书。
古来无限伤心史，换取阴山入版图。

叹新诗

文化堪忧若跳崖，语言异化已成灾。
窥园落落无花朵，引路偏偏欠斗魁。
荒谬信难承史载，简单多易误童孩。
岂容伪劣欺天下，看我真诗入世来。

再笑李××

叹息时风也怪哉，奖金虽摆盼谁来。
别开蹊径先无胆，欲冒诗文未具才。
赤膊骂街遮怯懦，粉头装戏欠诙谐。
笑他丑类徒狂吠，不敢争锋上擂台。

杂 兴

虚名浮利转头空，谁肯追求事业崇。
每纵狂心思宇宙，常抬傲眼视苍穹。
莫将凡鸟当成凤，勿把真龙看做虫。
埋没风尘知有尽，他年要你识英雄。

杂 兴

废寝忘餐各在忙，岂容沉醉闹歌场。
千年文化休轻弃，历代英贤未可忘。
振世惊人需杰士，擂台竞艺显诗王。
雄篇伟句争天下，谁有先生气势昂。

杂 兴

挥笔临笺即见春，奇篇伟句显精神。
寻幽探隐传情远，扬善存真用意纯。
浅井岂能窥大海，小丘何可比昆仑。
骚坛敢以诗王号，万古千秋只一人。

杂 兴

李杜苏黄各占强，赋诗须拥百家长。
岂能学舌如鹦鹉，宜作高翔竞凤凰。
借笔抒怀呈壮志，登台举酒纵豪狂。
要他千古知名姓，不枉人间走一场。

杂兴

心魂怯懦欠安详，尽日无端恐且惶。
鸡叫乍听惊似鼓，狗形初见怕如狼。
杨花乱落狂穿户，邻笋斜生敢破墙。
世事欺人多类此，暂持杯酒醉相忘。

杂兴

志大心雄傲祖宗，未曾随俗陷昏庸。
奇思引梦山河壮，妙笔生花气象浓。
鸡栅岂能留彩凤，鸭池何以卧蛟龙。
笑他最是诗坛窄，如此篇章竟不容。

杂兴

报纸荧屏各竞春，而今何事不新闻。
流行每见翻花样，传统焉曾限鬼神。
一曲情歌成杰士，几篇白话算诗人。
街头妇女添姿态，画了眉毛又嘴唇。

杂兴

惨淡风云日月昏，忍将泪眼瞪乾坤。
万般忧愤情难堵，百种牢骚腹枉扪。
孰谓世间皆逐利，谁云人死不留痕。
笔端诗句胸中意，化作惊涛赴海门。

杂兴

寓意深长在笔端，穿云出雾现峰峦。
枕天席地留宵卧，嚼日吞星当早餐。
胆壮未劳施武技，情高早已蔑文坛。
诗中大有英雄气，莫作狂生一例看。

杂兴

世事纷繁总万端，平和相处竟何难。
孰将待物心同待，谁把观人眼自观。
但喜新来忙弃旧，忽愁初起顿忘欢。
笑他暂堵车中客，犹恼街头路不宽。

杂 兴

听歌爱舞病难医，世俗民风叹转移。
超女球星添热闹，散文小说弄分歧。
漫多谎话将心倦，未少歪诗让眼疲。
纵我狂言超李杜，分明已不当稀奇。

杂 兴

才成两句不成诗，搁笔南窗又一时。
蚁集槐根炫大国，蝉鸣梧叶抱高枝。
意随檐侧云踪远，目滞庭中日影迟。
天地无私形万物，恍然若悟复沉思。

杂 兴

再临唐宋觅行踪，大雅谁云路已穷。
世有新辞嗤晦涩，集无佳境笑朦胧。
文坛浪费千年墨，名士风流几日红。
下笔莫嫌诗胆大，要同李杜竞雌雄。

杂 兴

商品沿街摆战场，而今书史快收藏。
画珍裸女形神荡，字重行蟹体态洋。
文化早离诗赋远，世人皆为足球狂。
歌星模特俱偶像，杜甫真该让草堂。

杂 兴

环球万国孰为中，叹息图腾爱说龙。
能武能文频变化，兴云兴雨善通融。
百年苦难皆缘旧，万恶根源半属穷。
生死迄今人亿兆，致民长富即英雄。

杂 兴

野草闲花几度春，千山万水过来人。
渐趋老境诗能朴，已淡名心语率真。
断剑羞摸悬角落，藏书懒看任灰尘。
夜来入睡无多梦，一觉酣然到早晨。

杂兴

下笔刚中复寓柔，未臻佳妙岂容休。
姓名信可传千古，才智非甘欠一流。
言论敢于讥圣哲，性情狂更傲王侯。
世人不识诗高处，错把先生比陆游。

为端午草堂诗会赋

朋辈纷纷聚古祠，舞文弄墨孰嫌痴。
五车书富添奇气，百斗才高拥异姿。
竞巧求新争胜负，词佳句妙斗雄雌。
今朝况属诗人节，下笔焉能欠好诗。

有讽

诗苑当头未识羞，笑他偏欲显歌喉。
徐庾有体谁人效，志气无多任物囚。
和缓枉然拖烂账，老衰空遣卖风流。
臭香不辨真愚昧，虫害何年到尽头。

答人

期刊负我百回探，叹息今诗似缺盐。
暂把新声情逐缓，重操旧律格从严。
忍容传统流中断，誓遣风光分外添。
纵笔敢言超李杜，才人大胆请无嫌。

答人

何必深山筑草堂，身居闹市也无妨。
濯尘性洁千江水，避俗情高万堵墙。
每向长街招酒伴，常驱天地入诗囊。
旁人莫问名和姓，千古狂夫我最狂。

答人

吐丝原似茧中蚕，非分功劳未敢贪。
立世岂能随胆大，姓名先就欠头衔。
抽身自觉难谐俗，出手谁云已不凡。
题壁小诗君勿笑，冷潮热讽要包涵。

禅诗

入眼宜为幻境看，拈花一笑漫随缘。
关情世事心常曲，证性秋云月正弯。
佛理莫嗟无定相，人生休怖有流年。
青灯冷照禅门寂，一卷华严仔细参。

寺宿

禅门有托避尘劳，谁撒天花恣意飘。
忘却身形缘面壁，抛开欲念借挥毫。
满杯未覆难添水，良种逢春易长苗。
斋罢无言心静寂，任他古井作波涛。

荒坟

垒垒荒坟望寂寥，纷纷白骨掩蓬蒿。
西风野曝残棺片，冷雨昏鸦断石条。
入夜数丛磷火耀，清明几处纸钱烧。
史书未遣留名姓，人世空来走一遭。

逢故人

一种凄凉不可藏，故人相遇恐而惶。
谁知往昔疯狂士，竟做而今售货郎。
满市已然新面目，周身犹是旧衣裳。
邀其改日茶楼聚，语意支吾托口忙。

咏飞机

银翼腾霄展大鹏，古人梦想已成功。
千钧重物凌空举，万里征程瞬息通。
离地岂争南北路，航天不借往来风。
何年更拥神奇力，捉斗抓星闯太空。

钱少旅游自嘲

满脸灰尘自笑呆，既无车马更无财。
省钱买票登高阁，饿肚支身上古台。
作画竟然忘彩笔，赋诗偏又欠情怀。
几多花月徒辜负，如此山川算白来。

龙潭寺

重建堪怜借故基，世间休叹变和移。
佛堂殿小形非壮，神像泥粗貌不奇。
许愿人虔鲜果献，乞灵妇敬彩绸披。
名因阿斗龙潭寺，读罢残碑意转疑。

无 题

漫云春色正无休，水榭山亭已倦游。
笔底诗情因啥起，梦中珠泪为谁流。
桃花未引昏昏醉，杨柳轻摇淡淡愁。
偏是黄莺难解事，一声娇啭过红楼。

获 宅

纵是萧斋愿已酬，此生何敢望高楼。
人无贵相休伸手，世有凶形勿露头。
昏睡不需分昼夜，闲吟聊以度春秋。
但求容我栖身地，斗室须知有自由。

讽某

吗了啊呀口水长，居然也敢算文章。
开篇不过强装蒜，下笔其如未懂行。
窃杜偷苏充雅博，将秦作汉现荒唐。
偏他当众无羞耻，硬把山鸡充凤凰。

改父旧作

纵然鼎革莫呵呵，冷眼尚须看共和。
权弱难抛诸政弊，势衰其奈列强何。
劳民未觉苛捐少，忧国尤悲内战多。
叹我无才呈妙略，空垂涕泪过关河。

有讽

写画谁无笔一支，显才寓意应沉思。
荒唐世俗行偏速，浮躁时风救恨迟。
未少谎言和废话，尤多秽语与污词。
笑他竟敢称诗句，硬把文坛当便池。

九龙山庄

玲珑巧构一山庄，仿古何妨再学洋。
凤岭龙冈腾气象，云蒸霞蔚借光芒。
琼楼突耸欣添势，碧树争宠欲破墙。
峰顶寺同山下市，两边滋味要分尝。

寄 友

谈笑争锋酒与棋，拈经摘典斗禅机。
登门叹息空留约，造访居然未可期。
寂寞秋窗当独坐，萧疏情绪亦相宜。
遥知黄叶山中雨，赢得诗人句必奇。

访文君故里

徘徊庭院雨潇潇，司马文君事已遥。
让古人惊同卖酒，比今谁敢再题桥。
县余水井民犹护，史缺碑文我自抄。
一曲琴挑传韵事，千秋尚被戏台描。

题自画图

法不从严莫笑粗，一经点染仍成图。
意临脑际情难抑，说到根源趣恐无。
自以性灵为骨骼，任随粉墨作肌肤。
如君顾盼难称意，付与堂前小火炉。

古拜将台

此地尚余拜将台，丰碑犹记战尘埃。
宁甘胯辱丢人格，活用兵书显帅才。
灭楚扬威焉是福，索齐封号已藏灾。
千秋遗训君知否，万事功从忍字来。

赠某诗翁

有时沉静有时狂，闲逸浑将世事忘。
袖手随他花艳丽，掉头任尔鸟飞翔。
窗前捧读书千卷，壁上题诗字几行。
毕竟雄心难隐匿，已从笔下露锋芒。

太行杂兴

林木经秋叶半黄，凭高思绪易苍茫。
千年蜿曲流漳水，万古巍峨耸太行。
几户挑箩收麦菽，一声吆喝过牛羊。
白头村老衔烟管，爱指西冈说战场。

夜兴

一诗不足又重和，独倚栏杆细切磋。
凉露凝珠依草木，好风携梦过关河。
恶声枭鸟尚能叫，远信浮萤未肯驮。
星月纵佳终是夜，暂随驱遣助吟哦。

讽流氓

摸狗偷鸡爱赶场，与人争斗忒猖狂。
懒工欠学焉求业，好吃贪闲却在行。
筋骨粗横无武技，智商缺乏更文盲。
虽然败北狂逃走，老子连声不认黄。

教　子

何曾盼汝有前程，举凤腾龙未可争。
是假为真宜辨识，孰轻谁重待权衡。
坡公犹愿儿愚鲁，我却偏教子慧诚。
与世少求多奉献，不卑无愧过人生。

峰顶寺

渐多香火岂嫌贫，独庙孤峰势不群。
道佛同龛形共祀，鸟禽共食意同驯。
岭泉落涧先成瀑，山气凌虚半酿云。
老衲课余身力健，坡田几处自耕耘。

某领导出国

闻道因公出国忙，尽将察考做文章。
漫多精力酬娼妓，大把钱钞送赌场。
开了半生新眼界，买回几架旧机床。
看他裸体群雕像，笑说西方色太黄。

喜友临

几度相期会不齐，况忧雨后路泥稀。
忽闻笑语知来友，忙备杯盘喜唤妻。
茶水漫谈书与画，肉羹详论鸭和鸡。
欣然昨夜佳诗句，还待诸君醉墨题。

愁

脚迹虽曾遍九州，桃花嫌艳柳嫌柔。
酒楼买醉千回往，山寺谈经几度留。
自古高才多寂寞，谁言隐士少忧愁。
夜来雨暴知潮涨，拟向江边看急流。

赠某

触目惊心字几行，千秋信有大名扬。
雄姿拔地呈峰岭，彩翼腾空显凤凰。
律正调高情易协，辞佳字雅句难忘。
嗟君下笔多风韵，如读唐诗意味长。

客中逢友

旅舍相逢酒半酣，一宵秋雨对床眠。
述奇长夜多谈鬼，论洁良心莫做官。
浮世偶然成聚散，微躯幸得抱清寒。
明朝洒泪东西别，前路崎岖仔细看。

赠某女士

不甘才智隐蓬茅，说史谈文意趣高。
已任雄心排俗见，更将冷眼视狂潮。
易安诗句窥人杰，秋瑾襟怀辨女豪。
寄语辛勤前路在，羽毛丰健傲云霄。

秋　兴

淡淡幽思淡淡愁，几回惆怅在高楼。
诗情纵若行天马，浩气难于逼斗牛。
半盏清醪吟月夜，满城霜叶啸晴秋。
人生在世虽云梦，未死谁能作罢休。

某友席间答人问

劳碌生涯担不轻，几番阴雨几番晴。
暂将浊酒浇愁绪，聊借新诗慰旅情。
事去庭空随燕舞，声来窗外任蝉鸣。
相逢俱是风尘客，共饮何劳问姓名。

过古战场

此地曾经是战场，一川烟草望迷茫。
明君枉遣夸尧舜，圣主徒劳说汉唐。
废垅重耕栽果菜，断墙难阻过牛羊。
牧童不管兴亡事，短笛横吹又夕阳。

答人问作诗之法

立意构思莫遣平，须求下笔使人惊。
漫如临圃观花放，宛似登山听鸟鸣。
文字要能生妙趣，词章岂可欠深情。
历朝检点诗非少，几首千秋享盛名。

读某名士诗作有叹

几回捧卷细端详，到底高才也欠狂。
贤士可怜差铁胆，诗人堪叹具柔肠。
痴心枉向文中显，讽意徒劳句里藏。
执笔笑他多谨慎，直书骂语又何妨。

做狂人

性缘高傲不容蹲，冷笑随他鬼撞门。
岂忍昏昏酬岁月，何甘怯怯对乾坤。
早将铁石磨诗胆，更撰雄词警醉魂。
叛道离经行险径，批庸蔑祖做狂人。

寺中即兴

自笑难抛俗世情，几回徒往寺中行。
不翻经卷参虚幻，未向僧人问性灵。
大殿佛容欣静穆，天王神像畏狰狞。
观音拜罢心无定，坐听清钟入渺冥。

吼

万物皆需各尽才，死生命运岂由猜。
笼中小鸟犹相叫，壁上苔花也自开。
有火未难燃爆竹，无云不易听鸣雷。
孰甘沉默终身死，动地惊天吼一回。

贫居

贫居小巷苦难堪，屋漏房斜是外观。
钱少租昂羞拮据，人多地窄窘周旋。
终年喘息煤烟下，镇日生存口角间。
偏是迁移多不易，教予何计把心宽。

为某饭店赋

何须喧嚷劝人尝，早有佳名播八方。
半米锅烹全蜀味，一调羹搅满城香。
每招路客头回掉，更引馋娘口水长。
国盛年丰民富足，登堂饱醉又何妨。

星 空

碧天如海夜云清，一线银河万颗星。
猎户天狼同夜宿，牛郎织女共春心。
南鱼白鸟何须探，大犬小熊莫漫寻。
北斗炫然氛雾外，指人途径正分明。

古炮台

满目伤痕旧炮台，凭高眼界豁然开。
有船远向天边去，无尽波涛海面来。
耻辱当年留史册，风云往事上胸怀。
此中多少深沉意，呼喊神州智与才。

重游凌云寺

十数年前此处游，漫将往事又回头。
奔腾心似无羁马，飘荡人如不系舟。
涉世已经奇险境，置身须上最高楼。
江山满目增灵秀，滚滚波涛总未休。

赠某

不拘时事意超然，探得真源便若仙。
行草已能臻雅境，散文犹可创奇篇。
心花任发难依圃，诗草丛生岂限田。
收拾人间珠与玉，一肩挑过万重山。

山中夜眺

独倚危栏淡淡风，四围山色半空濛。
嘶声竭力村头犬，舞爪张牙岭上松。
残月牵情寻隐约，远灯引梦入朦胧。
恍然忽起诗人兴，辗转低吟总未工。

无题

花残何事独依栏，狼藉分明未忍看。
好梦竟为鸡叫破，春心反被笛吹寒。
持笺孰谓题诗易，复信谁知下笔难。
文字不传幽隐意，徒劳万语与千言。

除夕赋诗

万户欢歌独寂寥，案前曲背又弓腰。
听钟亦识新年近，取暖还挑旧稿烧。
妙笔敢将陈迹扫，奇思信把古人超。
狂诗已用周身力，要遣文光射九霄。

题渔翁图

脚迹休嫌怕入城，奔劳又是一年春。
数丛野荻同霜夜，几点闲鸥共雾晨。
下网垂钩身朗健，养儿育女意单纯。
船撑江上为生计，莫把渔翁当隐沦。

读史杂兴

读史分明意屡惊，人生何苦要功名。
庙堂每听官难做，朝市多云路不平。
山野远游添逸兴，茅庐高卧养闲情。
可怜三国终归晋，徒遣天心误孔明。

咏 竹

夜含雨露晓浮烟，翠碧参差护小园。
四季青枝勤换叶，一年新笋易成竿。
应怜为众能称用，堪叹因多不值钱。
似此何如江岸上，摇将秋气满人间。

咏 穷

家住偏街半堵墙，年年岁岁叹穷光。
皮鞋底破防人踏，毡帽油污畏鼠伤。
丁等俸求千动脑，一分钱用九回肠。
茶房不幸逢知己，高唤堂倌吝解囊。

有 讽

不是赢来便是输，安全稳妥实难图。
察言观色摸形势，取巧投机择路途。
敢闯方能登显位，无争只合做凡夫。
莫看史载英雄辈，细论无非是赌徒。

笑某醉态

不到糊涂岂认输，颟顸犹不要人扶。
檐间瓦雀连称凤，案下狗儿直唤狐。
呐喊酒徒俱可贵，狂呼天子尽当诛。
笑他醉后心神昧，乱吐奇文字若珠。

过卢沟桥

此际休嫌旧事提，卢沟桥畔夕阳低。
八年愤怒腾烽火，半壁河山受铁蹄。
痛史假如无记忆，存心真个要怀疑。
国民尸骨千千万，血海冤魂要入题。

除夕

无聊镇日作愁思，又到寒冬岁尽时。
遮丑破墙皆贴画，讳穷佳节只吟诗。
万家灯火天才晚，满肚饥荒饭更迟。
街市徬徨空眼热，不知举步欲何之。

岳阳楼

浩阔烟波入望迷，凭高胸次岂容低。
渔歌互答船归港，鸥鸟相呼水拍堤。
满壁诗文观上下，当楼景物认东西。
民生国计千秋意，尽在斯人笔底题。

再斥网上宵小

浪费无非纸数张，附庸风雅又何妨。
性灵苦欠徒窥宋，格调难高枉学唐。
已让歪诗强上网，居然丑类也呈狂。
笑他偏作名士状，一脸光辉鄙太阳。

黄鹤楼组诗

一

一首诗传千百秋，霸才今看我登楼。
已多思绪行天马，信有文光射斗牛。
神鹤渺然飞旷宇，汀洲吞吐任狂流。

巨瓢曾饮源头水，净洗心胸莫谓愁。

二

待我登临事已迟，仍思比斗性缘痴。
目中早是轻崔颢，海内何时认大师。
今古关情生浩叹，河山润笔产雄词。
笑他李白夸狂放，到此居然怕写诗。

三

芦白枫丹万里秋，谁能跨鹤作仙游。
诗留史壁传千载，名著神州第一楼。
天际苍茫云漫涌，眼前浩阔水奔流。
伤今吊古多思绪，孰谓胸中只限愁。

四

站立高时眼界开，重兴名胜耸楼台。
两轮日月窗前走，一道江流槛外排。
奇想喜从天上落，妙辞争涌笔端来。
古今吟咏知多少，究竟谁堪说大才。

五

地阔天高大可为，笔锋奇伟岂由吹。
盛唐典范评诗史，历代追摹看石碑。
事业振兴难避险，文明衰败忍垂危。
我今豪迈超崔颢，超我他年又待谁。

六

一首诗名胜立勋，丰收能不赖耕耘。
檐飞异彩形尤壮，楼耸雄姿势不群。
题咏纷繁随过客，重修今古靠人民。
登凭无意招神鹤，独把幽思寄白云。

七

屈指千秋笔数支，神州大雅赖维持。
名楼往昔传飞鹤，文苑而今盼吼狮。
如画山川增气概，多情风月助宏词。
休悲几度遭焚毁，恰待重修配好诗。

八

如斯美景要谁夸，向夕依栏爱晚霞。
仙子枉乘黄鹤去，远山空让白云遮。
长桥跨水三千米，大市明灯百万家。
毕竟名楼多古意，歌声犹遣伴琵琶。

为蜀盘谷主赋诗十二首

一

画稿临窗改与删，有谁识得此中闲。
安排碧障峰三面，隔断红尘水一湾。
抽览由箱诗或史，行书随纸窄和宽。
名心利欲今皆淡，唯与山翁做往还。

二

名利成都挤一团，此中结室始容安。
小斋作画宁争贾，微火烹茶不炼丹。
心远每同烟鸟梦，山高长共水云寒。
书多意造难依谱，奇字尚需慧眼看。

三

筑室山居已数年，开窗见岭仍欣然。
篾墙有洞图书补，世事无聊梦幻癫。
作画凭轩摹野景，烹茶临涧取清泉。
胸中满注悠闲意，纵不抄经也悟禅。

四

回望青城路一条，仰观几朵白云飘。
盘谷恰能添画趣，味江端可弃诗瓢。
敢嫌尘世为虚幻，自喜幽居抱寂寥。
名利两忘君勿笑，此中原本寓逍遥。

五

胸中学识岂能荒，潜习深山幸有堂。
作画未曾离趣味，行书何可欠锋芒。
涧中水洁观鱼乐，林外天空看鸟翔。
偶尔亦逢尘世客，诧他何苦爱奔忙。

六

杂树成林竹数条，山庄何事欠逍遥。
谈玄说易原空幻，作画研书耐寂寥。
野趣每然缘水觅，幽栖真个借云巢。
闲情逸兴知多少，留待先生手自描。

七

他年奇字可熔金，室隐深山费找寻。
常作欢容因姓乐，长挥墨竹早成林。
岩花涧草千般趣，野鹤闲云一片心。
偶借道书参古意，居然迷惑到如今。

八

水声之外不闻喧，谷壑青葱草木繁。
荒野境藏苍岭外，幽栖屋近味江源。
奇情莫惜难图画，妙处何尝不可言。
况是主贤多雅意，为君扫虑涤尘烦。

九

名利城中处处忙，溪山筑室又何妨。
着身已幸衣能暖，到口休嫌饭不香。
野鸟多情鸣涧树，幽花着意映茅堂。
读书作画能知足，淡泊人生味自长。

十

物换星移各有痕，花开又是一年春。
摇头懒管尘中事，袖手还为世外人。
作画岂容无意趣，行书聊以见精神。
逢迎待客为生计，不是栖山效隐沦。

十一

全为木构不需砖，面涧依山又对泉。
满壁题诗皆好句，两廊书字尽奇联。
阶留虎犬看门户，室插鲜花伴睡眠。
临此抛开烦恼事，闲居体验做神仙。

十二

作画研书莫笑忙，先生笔号本荒堂。
台阶雨过春能暖，门户风来夏亦凉。
筑室权将茅当瓦，隔房聊用竹编墙。
颜筋柳骨翻嫌俗，不把书风学二王。

为“诗王争霸赛”新闻发布会预作

粗鄙时风欠读书，争于娱乐下工夫。
雅言传统多遭弃，诗国名声久让输。
宁使心灵干与涩，忍看花卉死和枯。
我今慷慨倾全力，跳上高台竞一呼。

七绝

杂兴

西扯东拉本不宜，虎羊终要看毛皮。
谁知偶借天边月，塞向诗中便出奇。

杂兴

憎爱须知由各自，街头岂少荒唐事。
老夫挑担仙人球，不卖鲜花只卖刺。

杂兴

和氏璧传事已遥，至今未觉哭声销。
世间多少才如玉，不琢谁知价值高。

杂兴

过海欣然眼界开，垂竿始笑钓高台。
满船鱼鳖休轻羡，尽属惊涛骇浪来。

杂兴

六朝遗训为谁留，叹息歌声又满楼。
水月镜花兼好梦，众人听乐我听愁。

杂兴

紫菊黄花一路开，斟词酌句细安排。
叹儿未识勤思考，问我诗从何处来。

杂兴

钉子车头孰个强，笑他说谎亦安详。
儿童也厌平凡状，游戏争相扮帝王。

杂　兴

击落门牙带血吞，欣然辩士舌犹存。
诗文莫让秦灰冷，卷土重来竞一争。

杂　兴

万事求成须遇巧，知音不见空烦恼。
街头任扯喉咙卖，也把兰花当贱草。

杂　兴

左靠青山右靠湖，一年勤力口难糊。
诗人不道农家苦，却唱风光似画图。

杂　兴

读书养性隆中匿，武足兴邦文治国。
慧眼识才多卧龙，世间只少刘玄德。

杂 兴

不容轻易诋和夸，性格因人有异差。
世事而今看已淡，栽花种刺各由他。

杂 兴

常因谨慎抑情怀，诗赋原知属祸胎。
偏有牢骚拦不住，如奔涌向笔端来。

杂 兴

可识灵心处处材，无边光景供徘徊。
手中异石诗中句，俱属江边乱捡来。

杂 兴

自负雄才气磅礴，攀新泥古皆轻薄。
平生下笔耻凡庸，意想多从天外落。

杂兴

夜读篇章仍在床，可堪惆怅更凄惶。
晓窗闻得鸡声唱，梦获佳诗醒竟忘。

杂兴

谁遣钟声夜半鸣，无端牵惹旅人情。
羡他张继枫桥泊，一首诗传万古名。

杂兴

泣雨摇风有异姿，窗前吟咏立多时。
秋声怕听还栽竹，矛盾心怀只自知。

杂兴

癖性生成不让人，不拘场地喜相争。
闲来自写胸中意，纸上犹闻杀伐声。

杂 兴

未肯糊涂度此身，遍翻经典走红尘。
谁知了悟浑无趣，恰似中宵梦醒人。

杂 兴

举目堪为艺术忧，谋新不向苦中求。
笑他鬼画桃符字，也算当今第一流。

杂 兴

每羡庸人乐自歌，天生愚鲁又如何。
求知枉遣添才智，徒尔多思受折磨。

杂 兴

燕昭遗史久尘埃，叹息而今不重才。
谁把黄金征国士，九州空见筑歌台。

杂兴

忍让诗骚沉寂久，贪财纵欲时风丑。
才智不甘文运堕，巨笔横空撑北斗。

杂兴

山前已听鹧鸪啼，碧树参差绿未齐。
莫道境幽无客赏，寻诗人过小桥西。

戏题画虾图

一幅图成漫自夸，艺坛空见闹如麻。
笑他终究难容物，浅水池中只见虾。

答人

音律何曾识矩规，牧儿村野本微卑。
愿君莫遣求深意，短笛无非信口吹。

雨 夜

独坐窗下发奇想，下笔原需心境广。
满山风雨夜无人，任我诗魂自来往。

闻 钟

景物原宜静里看，奇松古怪占峰峦。
浮云绕寺唯贪懒，放出钟声不肯拦。

过古战场

事隔当年几百秋，夕阳无语水东流。
英雄战绩今安在，唯见渔翁占渡头。

山村暮

村野无诗恰有诗，牧儿归晚饭常迟。
数声犬吠疏篱外，正是东山月上时。

自 叹

识无佛主识无神，立世如何用此身。
时代不争王与霸，可怜只好做诗人。

老年歌舞

白发红裙配绿裳，余生谁肯付凄惶。
阿公演奏阿婆舞，同上歌台唱夕阳。

讽 人

任尔人间闹未央，诗翁天赋有柔肠。
民生国计都无涉，谢了梅花咏海棠。

竹枝词

一别音容竟渺然，痴心几度唤前川。
郎情不及山深厚，犹有回声到耳边。

吹　笛

玉笛横吹子夜时，桥边亭榭月如诗。
调高叹息无人赏，一曲风流只自知。

孔　雀

金翠彩屏看我开，羞他百鸟俱庸才。
凤凰自诩禽中帝，传说虽多不敢来。

题东坡赤壁图

明月清风夜气凉，诗文赤壁赋奇章。
挥毫画出身姿逸，写意江山任渺茫。

代母作

满腔愤怒烈如火，创作居然不许可。
儿写诗文为国家，抓儿莫如来抓我。

过年

杀个公鸡算过年，你推我让暗心酸。
叹儿未悯阿婆老，端起碗来只叫添。

题画

一水边篱几树栽，村姑常是浣衣来。
拈花插髻临溪照，更把春流作镜台。

客夜

孤灯照影客心伤，旅舍思亲梦正长。
任是打门风雪劲，还乡不怕梦魂凉。

讽人

有目难分路与崖，任人愚弄实堪哀。
叹他不顾身前事，却把歌声唱未来。

题　画

翠微松古抱危崖，江上烟云拨未开。
梦里痴魂偏不禁，将船撑入画中来。

题枫桥夜泊图

枫叶江舟衬寺楼，虹桥淡月水悠悠。
随他笔下丹青好，难画诗中一片愁。

情　书

书信一封花一束，多情最怕郎情薄。
虽然满纸是相思，犹恐相思诉未足。

题画竹

翘首其如日月阴，赋诗多是不平吟。
借君一幅长青竹，画出胸怀未死心。

同上

遗风流韵无人爱，纵已虚心犹怕怪。
叹我凄惶图上立，不知应作何姿态。

题画竹

菊花枫叶色嫌稠，写意何劳远处搜。
下笔无多窗外竹，已然酿就十分秋。

雄鸡

亮眼羞为黑暗迷，傲然昂首振毛衣。
任随宰杀笼监禁，未死依然报晓啼。

戏题某山水图

新奇还得靠功夫，执笔宜将旧习除。
几度笑他峰原矮，欲高偏用乱云扶。

戏题小鱼图

寥寥数笔藻苔稀，挂入萧斋看也宜。
大海长江都去过，怕他几个麻麻鱼。

山　行

偶闻寥落数声钟，欲上峰巅路已穷。
寂寞秋山人不见，满林霜叶为谁红。

题画马

仰首嘶风夕照红，雄姿堪谓马群空。
孰知身在牛羊列，伯乐空悲不易逢。

象

频扇两耳鼻尤长，体大疑无秤可量。
万象丛生谁造物，各摸一处笑人盲。

秦淮河

六朝遗史久尘埃，灯火楼台眼底排。
人性可怜终不改，依然声色满秦淮。

票证愁

领回票证意凄惶，天气明明已变凉。
二两棉花三尺布，教人咋够做冬裳。

讽　人

颂德歌功不改腔，趋名逐利出书忙。
叹它粉饰文章快，硬把良心仔细藏。

半席书房

一间斗室几平方，窄小须知可寓狂。
一凳一床容坐卧，尚余半席作书房。

进 食

无菜乱将咸酱抹，馒头冷咽懒烧火。
算来一日苦奔忙，此刻身才真属我。

油菜花

花笑群芳俱小家，零篇碎句忒喧哗。
铺田盖野黄成片，大块文章写看爷。

骡子拉磨

千里行程未出门，只将磨石作乾坤。
叹他两眼皆蒙蔽，驴马爹娘怨不能。

女郎画花

半犹含露半含羞，数朵嫣红艳欲流。
玫瑰画花不画刺，女儿情性本温柔。

山泉

不含尘垢自清澄，滴石冲岩怒敢争。
落涧漫如冰雪汁，在山早作海涛声。

怀旧

旧时月色旧时桥，旧日情怀未可招。
惆怅无人空伫立，笛声轻远夜寥寥。

乡村夏日

午眠初醒静无哗，饮罢清茶又食瓜。
蒲扇不劳驱暑热，好风多在野人家。

竹溪

几丛苍郁几丛稀，无限风情在竹溪。
舟子闻声偏不应，一篙撑过小桥西。

登山

一径攀山十数盘，岭头高阁几回看。
崎岖路作人生走，变幻云当哲理观。

雄鸡

昂首高声唱太阳，大红冠子赛侯王。
自家只作悠闲状，唤起人群一日忙。

扑灯蛾

造物宜知事理深，何妨安处夜沉沉。
笑他枉付追求力，反被光明误一生。

山中即兴

碧泉飞涧落悬崖，放鹤台高眼界开。
最是堪怜山缺处，好云补出数峰来。

村女钗花

一朵相钗莫用绸，风流原不靠妆修。
笑她村女贪红艳，乱把花枝插满头。

废圃

山中破庙久无神，废圃荒寒不掩门。
除却漫天风与雪，梅花两树一诗人。

题画竹

不傍清溪不靠崖，暂随水墨画图裁。
幽枝未许凡禽占，忍耐千秋待凤来。

野步

日暮风传远寺钟，心闲野径步从容。
潭枯借雨添三尺，山矮拖云补数峰。

讽诗人

谁将忧虑寓吟讽，叹息诗人爱做梦。
张嘴无聊喜唱歌，伤疤才好已忘痛。

风　筝

世间物事欠周全，恰似将绳放纸鸢。
一纸本无高翔意，凌空偏又被绳牵。

溪　畔

独寻芳草踏晴沙，溪畔清新柳渐斜。
燕子不来春意懒，小桃先放两三花。

老　兵

屡立军功未足论，当年战友几人存。
而今老去官犹小，怒脱衣襟数弹痕。

闻曲

最怜窗外月如勾，杨柳轻舒澹澹愁。
未识何人春夜里，依然一曲汉宫秋。

题画

已画奇花几树开，更依高处绘楼台。
长江莫谓秋帆远，要送才人作赋来。

武侯祠

翠柏森森庙貌崇，纶巾羽扇像雍容。
若非皇叔垂三顾，千古谁知有卧龙。

讽人

涂得周身火样红，弄权玩术又贪功。
事能放大成千倍，捉个青蛙当恐龙。

山寺

襟带溪山枕碧台，几声轻磬落尘埃。
禅门僧老关难住，又放闲云入世来。

狂诗

世人休诧傲和狂，纵笔惊心字几行。
作腕当星都不干，公然说要做诗王。

咏砖瓦

一出窑门貌便殊，当年谁识在泥涂。
虽然不值三文半，巨厦高楼不可无。

候人

期约徒劳仔细猜，门前相候独徘徊。
远山有径无人影，唯见乌云抱雨来。

夜泛湖上

大泽迷茫数颗星，扁舟飘泛似浮萍。
苍凉不辨人生路，去处还从来处行。

为蜀盘谷主百竹图题咏选

一

爱竹难描逸秀姿，矜持下笔总迟迟。
灵魂只在秋江上，画得空躯四五枝。

二

人生得失每相违，此理尚须仔细推。
虽说图中皆是竹，一竿清瘦一竿肥。

三

草树何须问属科，有枝有叶即婆娑。
足下莫嫌无寸土，只因净土本无多。

五

茅屋清溪梦已遥，挥毫任墨发枝条。
问谁仿佛能知我，三百年前郑板桥。

七

挥毫从来懒画花，两三竿外数条丫。
缘何爱此君休问，画竹犹如画自家。

八

砚中有墨欣栽竹，纸上无泥懒种花。
下笔只求清逸气，高格原不要人夸。

感叹时风

万首佳诗意任雄，世人只当耳边风。
羡她台上青春女，一首新歌唱即红。

有叹

书史难施教子方，舞台掀引万人狂。
纵超李杜诗千首，不及歌星嘴一张。

五 律

斥网上宵小

持笔竞诗王，登台气势昂。
句能超李杜，意已夺苏黄。
大胆胸怀壮，高才技艺强。
尔曹宵小辈，藐视又何妨。

记 游

登览意茫茫，斜飞燕几双。
残墙前代郭，杂语土人腔。
高耸穿云柱，低凭近水窗。
群山拦不住，滚滚泻长江。

雄鸡

举世皆争竞，衣冠勿自迷。
心羞残饭食，志鄙小笼栖。
羽翅须扬起，头颅莫放低。
唤人休懒睡，听我一声啼。

咏牛

论物焉能少，勤劳品自高。
力田唯食草，宰杀任屠刀。
鞭打心犹驯，绳拘意敢骄。
耕耘何足道，国宝让熊猫。

过茂汶

一路皆秋色，野花烂漫开。
意随群鸟去，江绕万山来。
田少耕沙岸，羊多牧草崖。
寨前榕树古，因梦遍生苔。

萤

有意怜芳草，多情恋水乡。
聚囊留典故，与夜着奇装。
翅弱偏逢雨，心狂岂畏霜。
为嫌天地黑，飞舞献微光。

杂 兴

叹息作书生，乾坤未许撑。
孰将兵马拨，谁借宝刀横。
智勇能降敌，奇谋可夺城。
何堪囚笔砚，空作战场声。

杂 兴

肩头担不轻，筐内利和名。
坦荡途难觅，风云日未晴。
人生多磨难，天意欠公平。
喘息临歧望，当投何处行。

杂兴

玄德今难遇，空为梁父吟。
狂挥无刃剑，醉抚缺弦琴。
怀古心多慨，伤时泪满襟。
武侯祠庙在，惭愧几回临。

杂兴

老病犹奔走，生涯事事艰。
才离狼口洞，又遇鬼门关。
叹我命何薄，怨天性太悭。
世间多桂树，不借一枝攀。

杂兴

留得灵心在，孤高岂自鸣。
字难囚野性，诗不掩狂情。
举目云方淡，回头日已晴。
静闲浑有味，何必要浮名。

编集

诗稿积常编，回头每自怜。
总忧存龃龉，常恐陷缠绵。
少有欢欣注，多为血泪填。
谁知身死后，几首被人传。

月下独步

今宵月若轮，遣兴趁良辰。
阻路泥沾脚，拦途犬吠身。
蛩吟坟垒落，鸦宿树荆榛。
莽莽荒原上，长歌不见人。

驿中别友

话别长宵短，五更又唱鸡。
济时无妙策，报国有微躯。
儿女情何限，英雄气更需。
分途从此去，相对莫欷歔。

过三峡

两岸郁苍苍，轻舟去匆忙。
群山朝白帝，众水赴瞿塘。
云雨思神女，风流羡楚王。
诗成忽自笑，传说本荒唐。

篱 竹

本从山野出，终日忆烟萝。
根浅泉难汲，丛稀鸟不窠。
良材谁做器，清啸岂成歌。
寂寞依篱下，分明抱恨多。

山顶寺

寺占最高层，原须努力登。
虽无救世佛，尚有卧云僧。
谷壑荧光幻，峰峦霞气蒸。
九州犹梦寐，先见日初升。、

题 集

卷富佳篇句，原非普遍书。
智存深远虑，勇作大声呼。
哲理文宜析，诗人意莫辜。
无为庸碌辈，买椟却还珠。

除 夕

佳节人皆乐，贫居未可夸。
除尘思往事，览镜叹年华。
宴席张邻壁，笙歌弄别家。
先生无所适，枯坐写梅花。

渔 人

多晒容颜黑，无鞋脚带沙。
网罾渔是业，坐卧艇为家。
闲散忙人羡，村愚圣者夸。
问言浑不答，挥手入芦花。

过故人庄

浮生多苦闷，排遣借君堂。
应惜知音少，相留意兴长。
沏茶评世事，把酒论文章。
不觉流光短，江村下夕阳。

踏雪访友

脚穿皮革履，身着布棉袍。
梅孕知春近，山遮觉路遥。
冷风人瑟缩，残雪意清寥。
幸作新诗句，高吟过石桥。

舟行

两岸风光好，何愁去路遥。
浅山啼杜宇，细雨熟樱桃。
水阔诗犹湿，舟轻梦亦摇。
朦胧烟柳处，疑近赵公桥。

幽 居

已少客来往，幽栖岁月长。
好风吹草径，暖日照茅堂。
老至名心淡，闲来世事忘。
偶然诗有兴，随意两三行。

五 绝

咏 雷

蔽日只垂阴，沉吟直至今。
划空驱闪电，突发最强音。

杂 兴

纵心思浩渺，极目望苍茫。
路远孤身往，天空独鸟翔。

杂 兴

知音诚不易，才大招物忌。
空听曲中声，谁识弦外意。

杂　兴

灵心未可强，躺卧夜犹长。
梦获佳诗句，偏偏醒又忘。

杂　兴

赋诗徒遣兴，举酒不浇愁。
世上谁青眼，村中自白头。

杂　兴

物类各存异，性难同取弃。
安知所弃物，未必无诗意。

杂　兴

天寒夜更冷，睡久被终热。
况喜梦中春，管他窗外雪。

杂兴

豪吟意不群，心地自耕耘。
俯首拈红叶，回头望白云。

杂兴

大海炫浩瀚，小溪夸纯洁。
虽然同是水，彼此相轻蔑。

旅兴

岛阁船能至，山亭路可通。
诗情随燕子，先过小桥东。

夜登古拜将台

古台多感兴，星夜独徘徊。
造物休穷我，天公莫忌才。

寂 院

摇曳墙边柳，呢喃梁上燕。
飘零满地花，寂寞无人院。

山 寺

峰高不可攀，路险未能至。
日暮只闻钟，云深不见寺。

题 画

知音苦不逢，云鹤渺无踪。
幽意随流水，孤琴对古松。

子陵钓台

古迹费人猜，舟车看往来。
载将名与利，空过子陵台。

江　畔

远去舟船独，飞来燕子双。
含情思旷宇，不语看长江。

仙人掌

傲物周身刺，何曾求品次。
纵移花圃中，犹拥不平势。

影　子

附体空为影，随身每借光。
盲从唯学样，依人欠主张。

题　画

纵配好诗题，空闻过鸟啼。
图中花树好，难借一枝栖。

秋色

莫忧短与暂，斗色无遗憾。
芦白与枫丹，秋心谁肯淡。

李花

寂寥依院角，惭愧对芳丛。
自怨无青眼，皆因色不红。

山中

石怪松尤古，潭寒水不波。
山深来客少，雨过落花多。

弹琴

归鸟已群飞，弹琴犹独坐。
幽亭空自赏，古调无人和。

峰顶

地险有残碑，峰孤余破庙。
偶尔逢诗客，登高一长啸。

题画

崖边只见树，寺隐云深处。
诗已寓其中，迷茫不觉悟。

题照

灵魂本难裸，况又冠裳裹。
世人徒貌相，谁真认识我。

少女

答语失伦次，掩遮偏有智。
强言户外花，怕说心中事。

咏鼓

是皮岂无痛，挨打为功用。
莫诧发声欢，不欢打更重。

讽人

岂顾他人饿，只缘自己饱。
不观天上日，仅认怀中表。

某医

处优更养尊，吹捧智尤昏。
乱把偏方下，不先察病根。

答网友

胸中原有物，目里早无人。
以笔争天下，何劳费口唇。

九岁作五绝

意远天难限，才高笔有神，
要他风雅史，添个大诗人。

五 古

记闲庭偶见

独坐小庭闲，偶见两虫斗。
舞爪复张牙，挺胸横甲胄。
未识虫豸名，一肥一颇瘦。
肥者势猖狂，瘦者力难凑。
相战未半刻，瘦者逃欲走。
肥者偏追逐，意不舍穷寇。
振须复鼓翼，昂然阻困兽。
瘦者泣怆惶，唧唧似求救。
至此未忍睹，不觉下脚骤。
复视履下虫，粉碎无完腠。
辗转寻瘦者，遁藏已入窦。
忽思造物理，中心有余疚。
弱肉强食义，自然本不谬。

予竟横干涉，至折肥者寿。
算来多少事，何如手怀袖。
任其弱小者，存灭由天佑。
回头吊死者，愿彼魂宽宥。
孰知蚁阵集，欣然庆邂逅。
既可获饱餐，搬食犹哺幼。
须臾蚁肉绝，小庭复如旧。
仰首唯白日，清辉照宇宙。

答人

要骂随人骂，莫问追求啥。
案上数册书，墨砚对笔架。
面前一叠纸，挥写无闲暇。
心劳非做官，体勤未种稼。
诗已不值钱，产品遑论价。
衣食长粗劣，居坐亦陋舍。
腹饱身即安，脚少门外跨。
写今又写古，悯弱还斥霸。
欲与古贤争，不肯位置亚。
昨已咏残春，今复吟盛夏。

倘无杂事缠，晨直写至夜。
实缘感愤多，借此作狂泻。
屈指卅余年，欲罢未能罢。
不盼当代夸，冥顽犹不化。
左讽世象昏，右揭时态诈。
但求寓意深，辞不求娇姹。
苦每胜黄连，甜不学甘蔗。
初览者形惊，复览者容诧。
才人命每乖，厄运难逃卸。
未作逍遥游，反转投狱下。
诬我反革命，罪名在叱咤。
抓已任其抓，坐牢也不怕。
仍在狱中写，挥笔觅其罅。
不觉几春秋，终也逢其赦。
出牢笔更勤，势如快马驾。
今幸遇知音，论我诗如麝。
感激竟涕零，不觉泪盈帕。
无以酬君子，聊以诗为谢。
写罢月中天，满纸寒光射。

对厚古薄今者言

一个破陶罐，论值可上万。
只因年隔久，颇得世人赞。
百筐新瓷器，利人多贡献。
仅缘当代产，价不及其半。
我以同等心，借以视文苑。
厚古每薄今，喟然呈慨叹。
李杜皆古人，今俱尊为冠。
研究复宣传，纪念馆频建。
当代有雄才，却遭随轻慢。
作品难出版，犹抓入狱炼。
须知当代逝，后世另评判。
恰如李杜时，让彼诗含怨。
何乃愁苦云，千古还不散。
我愿火炉中，将身变煤炭。
燃放光与热，让人出大汗。
或化为狂雨，当头淋漓灌。
让人猛清醒，顿把思维换。
两眼大睁开，事物重新看。

或于云缝中，发现星光灿。

蜀水行

在山早作声，汇流尤壮色。
欲为万里行，襟怀长激烈。
明知征途险，迂回且曲折。
为有向海心，猛锐未容抑。
后有众浪推，前有矶横截。
咆哮作狂怒，奔突势无怯。
任尔滩设险，任由礁暗逼。
时亦暂回旋，凝聚量和力。
裂石与崩沙，坡岩破其缺。
摧枯复拉朽，披荆更斩棘。
不畏阻碍多，反复呈冲击。
慷慨赴前程，何惧堵和塞。
扑面自生风，当头夜悬月。
未肯作停留，坚志孰能惑。
辗转入三峡，两岸愤尤窄。
危岭竞狰狞，风云形诡谲。
前后夹危嶂，左右撑严壁。

依然豪迈行，水涌波难息。
贵在持以恒，威胆岂容灭。
澎湃气可吞，雷霆吼尤切。
终遣出荆门，看我江流阔。

路遇

每悲聚会难，人事各分散。
昔年有知己，卅载未逢面。
久无音信通，何以重欢宴。
畅叙少年情，慨吐人生叹。
赋诗斗酒胆，论世竞雄辩。
徒遣风尘中，离群若孤雁。
今偶歧路中，逢一人无伴。
俯首挟囊行，面容尤惨淡。
直往市头奔，左右不一看。
恍觉即故人，真伪苦难判。
呼之欲启口，又恐人错唤。
须臾踌躇间，未省何由善。
继走不释疑，返追免悬念。
孰知人流滚，回头已不见。

老翁行

叹息十年来，心灵俱关锁。
人与人之间，事事分你我。
今朝雨路滑，行走步颠簸。
西绕又东弯，泥泞实难躲。
不前即后退，不右即为左。
向前水渐深，退后砖不妥。
鞋已全浸湿，满身汗如颗。
路旁大有人，各自闲走坐。
谁悯老翁行，帮助来引拖。
不怜心正焦，隔岸犹观火。
待予跌于地，身被烂泥裹。
一付狼狈相，笑声更其伙。
孰前作搀扶，幸灾犹乐祸。
泪水暗中流，痛苦自承荷。
只叹世人心，竟已垂庸惰。
置之国事上，更其难测叵。
欲拯世人心，责任谁许可。
我已入暮年，何惧蹶与跛。

但忧人心恶，终久食苦果。

山中记遇

偶烦尘世役，来作山林客。
行行未辞遥，渐不逢人迹。
左右为泉涧，前后多杉柏。
翻越岭数重，路迷天渐夕。
回望行程处，半被烟云隔。
悬崖泻急流，近身多巨石。
荆榛夹藤萝，盘蛇更窜蜴。
时有怪禽啼，景状呈幽僻。
复审面临境，当头横陡壁。
欲攀势岂能，欲退何由适。
幸遇采药翁，前途为我析。
告我应何向，告我何处驿。
我言力早疲，饥饿尤煎迫。
老翁竟怜惜，带我归其宅。
及视翁所栖，简陋窠棚蓆。
药粮杂器物，坐卧分明窄。
喜翁能纳我，忧虑可全释。

胡乱作梳洗，共翁同煮麦。
相与作闲聊，彼此竟投怿。
翁龄七十余，未为衰老逆。
骨体仍硬朗，童颜面犹赤。
采药独在山，攀援不用策。
言其另有家，儿孙亦不缺。
子孙皆务农，勤奋传宗脉。
虽尚不称富，光景已胜昔。
复言性喜静，颇厌亲邻聒。
故尔多在山，采药添补益。
语语俱朴诚，解我心存惑。
询彼人生理，答语尤宽博。
笑我浊世人，物欲心灵殁。
窃喜此能来，领味山水癖。
此行诚不虚，尔后当有获。
虽属平凡言，哲理含深刻。
始悟山野人，未可容轻蔑。
老翁语才毕，天色呈昏黑。
不闻鸟语声，只闻风叹息。
炊烟飞袅处，突见峰头月。
虽犹未全圆，入眼尤皎洁。

望望独无言，但觉心沉寂。

重九登高记

只觉欢容少，每烦尘世闹。
借此登高节，西山作吟眺。
霜风叶正红，先投予所好。
秋花衬寒泉，渐释心烦躁。
一路遇亭台，各各据其坳。
叠嶂覆重林，时闻鸟雀叫。
忽见出林塔，始知山有庙。
丹梯更石桥，细径穿洞窍。
几经曲折行，不觉已然到。
朱墙映碧瓦，香炉烟袅冒。
钟磬随敲击，俱呈庄严貌。
如来坐莲台，不言亦不笑。
数百罗汉陪，无非老一套。
几许白发人，虔诚做祷告。
徘徊殿阁中，实难省其妙。
久闻佛学深，哲理尤精奥。
泥神岂有灵，跪拜徒取消。

寺本由人建，神亦人所造。
即令问高僧，恐难释其要。
自笑数十年，未肯求宗教。
毕生困且穷，也许即果报。
仍不随俗流，奔趋作仿效。
想以性格强，本非信徒料。
未识游客中，可有我同调。
寺侧有古冢，久为荒草罩。
传是某朝人，生平颇仁孝。
只惜曾破毁，碑文难考校。
一任冷棘中，无人往凭吊。
寻思若有失，灵冥谁与导。
浮生一世中，精力徒消耗。
昨日少年郎，今日成老耄。
行得几时欢，留下几多懊。
及至他年死，骨体沉泥淖。
谁读予之诗，孰把我步蹈。
沉思正无际，突为风落帽。
拾帽念转平，自嘲徒伤悼。
人生本如此，谁复为计较。
怜取眼前景，川原已夕照。

独攀峰顶石，抱膝聊寄傲。
千山色尽染，万里霞光耀。
回首望苍茫，仰天一长啸。

长城吟

长城万里长，登高一凭望。
此关连彼隘，共竞争雄状。
互与形犄角，逶迤各取向。
峰峦随起伏，辗转盘叠嶂。
垛堞狞于齿，咬天不肯放。
依势垂削壁，处处呈险相。
更欣眼界阔，山川何莽荡。
西极临大漠，东端来海上。
怒作蛟龙舞，翻滚腾巨浪。
拱卫古中华，功德其无量。
太息时代异，兵革俱变样。
刀戟剑无能，炮火难屏障。
墙高复何为，徒然招重创。
欲免国人奴，仍靠军民当。
不见抗战时，国土多沦丧。

幸有八路军，平型关一仗。
歼日多少人，方惊敌胆脏。
民族血肉横，坚定作抵抗。
八年英勇斗，举世谁其伉。
竟有异邦人，借故相诋谤。
言城久横陈，已然失时尚。
何不尽拆除，令彼心脾畅。
此等无知辈，可笑不知妄。
无长城精神，革命何以偿。
西北风沙狂，无墙安与防。
况论建筑史，缺此焉神旺。
嗟我大中华，代代出奇匠。
鬼斧及神工，技艺如春盎。
帝宫殿阙煌，至今尚无恙。
长桥跨清江，虹影明波漾。
宝塔矗云天，牌坊叠重阆。
尔比金字塔，当仁可不让。
筑尔固国防，彼仅王室葬。
再论战争史，养兵莫如将。
一夫勇当关，百万未能傍。
君王不重贤，历史徒悲怆。

手抚炮痕砖，诗思尤跌宕。
愿尔万古垂，后世永勿忘。
徘徊日沉西，始觉秋原旷。
天际雁阵横，飞鸣声嘹亮。
拂襟风渐急，晚霞红欲酿。
墙下牧人归，鞭起歌谣唱。
我仍站城楼，低吟独惆怅。

听琴

胸中多少意，聊泄七弦琴。
乍听波涛起，复惊风雨临。
荒山潜啸虎，暖日竞鸣禽。
浩阔千江水，深沉万古心。
恰才抛矮壑，转瞬置高岑。
怒激胸充血，悲催泪湿襟。
漫云初锻铁，孰料早成金。
划拨牵欢笑，挥弹促苦吟。
八方人尽哑，四座物全喑。
感触随掀起，思维任纵擒。
明知曲已罢，犹觉有余音。

看云霞

天际云轻荡，真堪闲坐赏。
有白若绵羊，有紫如巨蟒。
有犬偏无尾，有船又缺桨。
着色任霞光，象形随幻想。
五彩竞缤纷，居高人共仰。
忽记鲁迅文，描绘或可仿。
须臾作变化，把握未容掌。
忘却世虑烦，思维任其网。
倏忽天渐黑，各状失明朗。
待及晚风吹，撕扯更难攘。
天幕现寒星，再睹难勉强。
及回现实中，心胸留怅惘。

登古台

舟泊青峰下，登临路可通。
久闻神女赋，来吊楚王宫。
境肃天无雾，江寒夜有风。

危崖犹长柏，悬壁罅生枫。
鸟散荒台寂，萤游古庙空。
句成山共水，俱罩月明中。

登高

高名贯古今，崇宏气尤派。
左观山若屏，右览江如带。
一峰独耸奇，高插云天外。
仰首唯白日，低头大世界。
振袖一长吟，满腹增雄概。
遥想百千年，东坡诗酒会。
纵遣身迁谪，仍作安详态。
傲岸赋文辞，至今留记载。
风流事已往，今世谁能再。
浩然书杰句，力扫颓风秽。

杂兴

喜极翻流泪，痛极反狂笑。
久雨只盼晴，久默尤思叫。

或澹若闲聊，或弦续古调。
倥偬数十年，岁月随消耗。
本可平顺行，却故临陡峭。
深情潜隐忍，愤怒偏寓诮。
物不得其平，终欲寻缺窍。
时或为短语，时或作长啸。
时或叹老穷，时或扮阔少。
时或哀他人，时或为自吊。
睁眼若盲瞽，闭目呈远眺。
偶尔做君子，偶也故不肖。
何劳细区别，事物皆诗料。
安能循旧辙，求禅去跪庙。
幸有灵巧思，遣词时入妙。
文章小道尔，本难如御诏。
况非楷与模，懒做庄严貌。
千古多风雅，我自立炉灶。
是白终难红，何须去假冒。
叹息知音少，谁与识其要。

《成都八怪》序诗

吃酒不吃菜，各人心头爱。
闲来无一事，挥毫写八怪。
八怪非古贤，今日成都在。
有以绘画称，有名书法界。
具非耄耆人，中青年一代。
欲扬古国光，心潮共澎湃。
切磋书画艺，创新成一派。
派内各有别，长短不相碍。
执笔抒性灵，努力呈竞赛。
情趣俱高雅，意气多豪迈。
作品重风格，书画汇奇态。
吸古又溶今，思想不排外。
改革具胆识，思路未狭隘。
说来诸处好，就是脾气坏。
由此笑料多，时人口碑戴。
有怪行过慎，有怪行轻率。
有怪如口吃，有怪嘴却快。
行藏尤诡谲，相貌多不帅。

有富不知俭，有贫常欠债。
有常作喜色，有常作愤慨。
有过尚知改，有癖未能戒。
总之各有别，焉能一言概。
贤人况有疵，怪也无大害。
八怪何许人，容文详绍介。
读者莫着急，慢慢听交待。
看完也莫恼，万事需忍耐。
倘觉有所获，笔者心即泰。
废话已大篇，且看正文载。

题画

是谁多古趣，筑阁依山麓。
松树何苍郁，溪流尤婉曲。
桥随竹隐蔽，峰任云吞沐。
幸有诗情旷，不为画所束。

杂兴

时光昏与晓，世事徒挠挠。
太息利名场，缘何醒者少。
原头撑独树，天际翔孤鸟。
须识家中人，终于不了了。

雄鸡

有翅无飞愿，笼栖习已惯。
闹因为逐食，斗每由争恋。
锦羽空夸诩，峨冠何识见。
自家本喜闲，唤起人忙乱。

古寺

古寺偶然过，来也非关课。
饭随僧共食，梦与佛同卧。
面借清泉洗，身近白云坐。
顿悟总因缘，禅机莫说破。

七 古

生辰即兴

昨宵年犹四十八，今宵便成四十九。
一生华年能几载，岁月催人渐老朽。
故而年年当此际，感慨万端沉吟久。
一叹浮生空老大，二叹功业何曾有。
三感世途多荆棘，茫然后路将何走。
我之壮也不逢时，忍看魑魅演群丑。
多少英才弃草莽，当道更需经纶手。
虽云少小早立志，苦于万事偏掣肘。
至令埋没风尘里，一腔浩气难抖擞。
庸碌但为生存计，无可奈何常俯首。
纵使辛劳已若牛，可怜待遇不如狗。
今宵纵遇生辰日，使我难咽杯中酒。
辗转无眠楼上望，遥将心事问北斗。

漫漫长夜几时尽，何日遂予狮子吼。

自嘲吟

胸中自信才如斗，世态炎凉谁可友。
窄室难栽居士竹，陋门未种先生柳。
适时器具我全无，垒案图书予仅有。
半世沉沦缘傲骨，一天忙累只糊口。
谋生入市常遮面，敝服过时尚露肘。
名欲千秋性若童，年龄五十貌如叟。
诗坛古怪羞投脚，文苑离奇难措手。
杜甫堂前徒落泪，子云亭畔空搔首。
今宵又遇凄寒夜，握笔誓将灵感守。
怒把一腔忧愤泄，狂驱满纸龙蛇走。
古言有志事必成，好句终将垂不朽。
墙矮偶飘失路萤，巷深时吠谁家狗。
三更未觉人皆寐，四野无声风自吼。
可惜墨干纸用完，只余残月窥破牖。

峨眉行

蜀山自古景称奇，佛国仙都况峨眉。
昔年早在书中见，掩卷已然生恋眷。
而今真个此中行，难述欢欣万种情。
但觉青葱扑眼帘，诸多尘念自逃潜。
行行渐入崎岖路，上下高低皆绿树。
嵯峨怪石遍途中，不让游人望落空。
山势高危气磅礴，此中无怪多传说。
远望岷江仅如带，顺流直赴天地界。
叹息峰高自不群，瞬息山腰遍布云。
回头尽失川西坝，只有氤氲浓不化。
拨云夺路攀险峰，未到先闻古寺钟。
毕竟为人贵立志，终能踏进峰巅寺。
殿中尚未游览遍，哄传云海佛光现。
匆忙直奔舍身崖，争览奇观站前排。
果然名望不虚传，已见光圈大且圆。
虽识阳光折射理，理论终难现实比。
虹霓五色耀眼明，环中有物似浮行。

晕霄须臾逞变幻，光色影形速换串。
瞠目凝神叹奇观，恍如两胁生羽翰，
逍遥出众逐飞仙，上穷碧落揽大千。
古有李白发奇想，诡谲诗文人叹赏。
我今亦欲挥长毫，任随诗绪广宇遨。
孰知好景未能长，光色无端迅收藏。
拂面只有天风凉，空留白云自茫茫。
不待驱遣无须扇，古人神仙俱不见。
仿佛剧终落帏幔，仰首游人全走散。
唯我峰头狂睁眼，独立嗟叹情无限。

杂 兴

车有轮来鸟有翅，满腹才情天所赐。
毕生对纸爱挥毫，为泻心中不平事。
奇思岂让掩和藏，妙句终需展与示。
莫道文人万万千，谁及诗王周国志。

为郭玉琪遗作《拳谱》赋

健国强身原靠武，内家拳术由来古。
近有玉琪精此技，教学传经著《拳谱》。
南宗北派述分明，八卦浑然作基础。
进退得参天地意，变化无穷驭龙虎。
“八字秘传”“十三势”，一腔浩气来肺腑。
欲致满门桃李艳，歌传要领心良苦。
先生虽逝谱留存，遗愿门徒将力努。
我愿此卷获珍藏，莫使遭劫化尘土。
印行海内供切磋，贡献足为武林补。
民力民智同兴旺，积弱由兹一齐吐。
强兵富国振中华，试看天下谁敢侮。
他日拳威耀体坛，来与先生歌且舞。

瀑布吟

入眼惊心孰为大，气势雄浑谁其亚。
耳畔强音吼若雷，目炫寒辉随日射。
跳珠溅玉滚银涛，虹闪霓飞呈幻化。

垂悬不让风回翔，落涧岂许蛟龙跨。
不叠何止高千尺，恨有奇峰偏作架。
传说古有两仙人，偶坐云头把棋下。
你输我赢战未休，输者无聊开口骂。
赢者反唇更相讥，你来我往难作罢。
输者怒言比斗法，赢者笑答谁还怕。
各自抛出怀中宝，两雄相拼看谁霸。
二宝腾空强搏击，突撞女娲补处罅。
导致苍天破缺口，至今瀑水犹狂泻。

观海上日出

驱舟来览日出貌，荒岛尚余龙王庙。
断臂缺睛泥像残，早已无人临祷告。
岛外茫茫水接天，空中闪闪寒星耀。
溅石崩崖浪涛急，风声灌耳呈呼啸。
纵目烟波不见船，迷濛昏黑无渔棹。
鱼龙犹寐海鸟眠，除我痴狂谁肯到。
乱拾柴荆燃火烤，庙中垒石聊当灶。
冷身渐暖湿裤干，独对龙王时自笑。
面朝火堆寂坐久，神思恍惚似眠觉。

朦胧突觉天拂晓，似闻海外天鸡叫。
起身瞠目视东方，心惊奇迹谁忽造。
长空已见彩霞飞，万里霞光正腾跃。
残星消逝乾坤净，黑暗无踪被全扫。
上下海天换容颜，难与寻常作比较。
万物庄严呈肃穆，须臾红日顶才冒。
日浴海中海欲燃，海煮赤日沸如闹。
日岂容由海吞煮，海欲吞日日越暴。
强光耀眼目双炫，难搜瑰词述其妙。
终于红日离海面，欲离未离魂颠倒。
一轮鲜艳血色红，冉冉高升意尤傲。
无才描此神异刻，唯有欢呼夹舞蹈。
平生自信潇洒多，此际方嗟自然奥。
不历艰辛及痛苦，哪有辉煌作回报。
从今事事勤奋为，旧有陋习宜抛掉。
人生一世贵奉献，莫遣荒虚形废料。
力开大雅新诗境，他年看我光辉照。

杂兴

把卷每每怜李贺，夭折太早天之过。
神奇鬼诞杂怪灵，千古谁人拾其唾。
莫云当今著述多，推敲不耐悲庸惰。
恰似老驴目被蒙，可笑原地来推磨。
未有广宇供驰腾，凤凰不舞蛟龙卧。
王母桃花懒再红，女娲倦任乾坤破。
坡公放翁诚魁伟，空留后世数星座。
我今操翰继前贤，雷公电母为督课。
珠玉鱼目辨分明，任重道远随折挫。
世事坎坷欠坦途，岂有书斋容久坐。
漫言小艇楫汪洋，勤搜典籍忘疲饿。
顶风逆浪狂撒网，到底深渊有奇货。
自愤已怀和氏璧，苦少知音共切磋。
深山大木难为用，调高白雪无人和。
况今文字不值价，哪许笔耕能获稼。
名利场中何敢走，一副穷形招人骂。
解嘲自谓颓废派，怅怅无聊归陋舍。
陋室虽小能寄傲，权避寒冬与热夏。

毕竟郁塞未能泻，发狂聊且舞甘蔗。
耳中喜听风声鼓，室外惊临月光射。
此刻休嫌口气大，胸无斗胆敢争霸。
待到他年羽翼成，看我宏篇补造化。

戏赠白允叔

书坛允叔传名早，技艺高明谁不晓。
力逼柳颜追魏晋，神完楷隶兼行草。
爱莲岂畏世人嫉，好古每嗤时俗巧。
耻与群鸦争剩食，九霄云外翔孤鸟。

诗坛争霸赛

灵思喷瀑倾和泻，困苦艰难何足怕。
肚里无才敢浪狂，腹中有胆还须大。
明清唐宋闻当愕，李杜苏黄逢也诧。
四海九州齐仰首，诗坛看我争王霸。

词选

狂
诗
吟

狂词三首

沁园春

立世为人，眼睨青云，鹤诩高翔。爱搜经析典，评章历史，持笺弄墨，长坐书房。留意民生，关情国事，责任匹夫未肯忘。龙冈卧，效渊明诸葛，隐又何妨。　　而今初露锋芒。正出语，荧屏已见狂。要诗超李杜，韵高元白；清词妙句，敢斗苏黄。脑涌奇思，胸怀壮志，豪气浑如赴战场。排阵势，看挥毫作句，纸上争王。

满江红

饭饱身闲，常摆弄，诗笺词谱。难甘让，圣仙久誉，青莲杜甫。心上烦忧当涤荡，胸中块磊宜倾吐。待从头，改写旧篇章，休嫌苦。　　天不问，晴和雨。书莫问，今和古。盼灵思获助，读之求补。落笔敢横豪杰气，登台要做风骚主。还看予，争霸更称王，呈威武。

贺新郎

立世能忧啥，爱翻书，斟唐酌宋，品评高下。汲古钩沉几案底，过此朝昏暮夜。利名事，全都作罢。陋室萧然心不悔，效庄周，梦已随蝶化。骚与赋，风和雅。　　酒肠诗胆休嫌大。念人生，追求理想，怎容骇怕。囚狱刀丛尚不惧，岂顾旁人笑骂。且看我，精密筹划。妙句佳词安顿好，摆擂台，一举惊华夏。销块磊，争王霸。

一剪梅　做诗王

何必金冠坐庙堂。胸有刚肠，腹有柔肠。千年历史叹茫茫，不做帝王，要做诗王。　　重任伸肩敢独扛。意本猖狂，句更猖狂。胜他李杜与苏黄，笑亦无妨，骂也无妨。

鹧鸪天　中秋词

明洁浑无半点尘，流光万户与千门。孤悬哲理思无际，独奏琴声听有人。　舒浩气，振精神。此生知究为谁存。渲狂看我吟诗句，笑对中天月一轮。

一剪梅

为爱幽姿夏日凉，面对东堂，背负西墙，新栽竹树两三行。诗也情长，画也情长。　不果无花亦不香，任鸟栖藏，静看云忙，虚心劲节自刚强。风又何妨，雨又何妨。

一剪梅

红袖挑灯事已遥，诗共推敲，画与同描。旧情如昔未能抛，不上心潮，又上心潮。　此际萧斋漫寂寥，窗外芭蕉，墙角蓬蒿。可怜风雨可怜宵，坐也无聊，睡也无聊。

一剪梅

约会匆忙又紧张，敞起心房，畅诉衷肠，不羞无愧抱情郎。仔细端详，妥善商量。　　世间非议已全忘，难得同床，能不同床，灵肉相交更浪狂。浪又何妨，狂又何妨。

鹧鸪天　自嘲

处世茫然站与蹲，此身究应为谁存？撞伤老脸将头裹，击碎门牙带血吞。　　逢癞狗，遇瘟神。频招损害有惊魂。自从宣说诗王赛，恶运真如鬼撵人。

鹧鸪天　自笑

自做假山已具形，庭中盆景费经营。漫贪书卷茶兼酒，爱惜金秋雨后晴。　　多雅意，富闲情。老来真个淡浮名。东篱学取渊明趣，再折黄花插古瓶。

鹧鸪天　斥李××

颠倒文辞口乱开，笑其浑已近童孩。千秋伟业需人闯，十万金钱待尔来。　　抒浩气，敞胸怀。斗诗本欲显真才。倘如有种无须骂，何不争锋上擂台。

鹧鸪天

貌似无情又有情，惯将言语透机灵。探头窗外窥圆月，笑指荧屏说巨星。　　三日雨，两日晴，尚余一日未分明。姑娘情绪难猜测，说不刚完又说行。

鹧鸪天

未识何为最上层，叹人处世枉劳争。有涯岂可超无限，瞬息咋能斗永恒。　　慵访寺，懒求僧。抬头一望忽无声。分明到顶犹嫌矮，欲往云霄哪处登。

鹧鸪天

究竟谁能说自由，试睁双眼看寰球。电机干活堪充手，铁马耕田早替牛。　　心枉急，汗徒流。他邦未可久为仇。闭关哪有通商好，北辙南辕快掉头。

鹧鸪天　边防兵

重责扛肩未敢忘，从军几载驻边防。杆头旗帜迎风赤，身上戎装映日黄。　　沙漠阔，路途长，凭高一望意茫茫。关前不见乡邮至，号角孤城又夕阳。

鹧鸪天

孰耐严寒久久拖，抽芽柳树问如何。三杯浊酒痴人醉，一卷新诗瘦马驮。　　头俯视，手闲搓，漫将往事细吟哦。老夫傲立高冈上，要看春流破冻河。

鹧鸪天

山路弯环过已常，何须仔细作端详。鸡鸣岭下知村隐，塔露林梢识寺藏。　　花已谢，叶初黄，崖攀极顶有风凉。抬头再往云中望，物我欣然各自忘。

念奴娇　中秋词

高天明月，到中秋，更是一轮皎洁。持笔登楼呈远眺，为把心胸宣泄。宋有苏辛，唐传李杜，当代谁雄杰？诗王出现，几人频为争说。　　自叹劳碌浮生，文求济世，信拥忠肝烈。可惜大才偏不用，反引许多磨折。万种忧思，千般感慨，难化庄周蝶。命中恶运，不知何日相别。

念奴娇（用东坡原韵）

山川秋色，问登台啸傲，眼中何物？翅展雄鹰冲浪起，飞过岸边崖壁。霜艳丹枫，露滋黄菊，芦荻花如雪。缅怀千古，依栏凭吊贤杰。　　遥想公瑾东坡，指点陈迹，易引诗情发。世事风云伤变幻，碑碣几多存灭。夕照衔山，江风落帽，冷浸萧萧发。夜来犹是，旧时一片明月。

长相思

山也高，塔也高，望里浮云缓缓飘，小楼山半腰。
　　音也娇，调也娇，直往人心痒处搔，谁吹一曲箫。

长相思

旅途长，赶路忙，草木惊秋叶半黄，身背一破囊。

望霞光，叹夕阳，日落天空风更凉，寒星渐露芒。

西江月

草野久充隐士，骚坛来竞诗王。雄篇伟句写高墙，显出几多狂放。　　满腔情感倾泻，千年重任担扛。敢超李杜与苏黄，试看谁能阻挡。

西江月

峰外数团云黑，江边几树秋黄。芦花滩下水茫茫，远处凭君想象。　　作画无妨纸短，题诗每寓情长。披蓑戴笠打鱼郎，岂怕弥天风浪。

西江月

词好皆夸两宋，诗佳总谓三唐，百千年事已茫茫，伟业再难开创。　　远志常怀异想，大才终露锋芒，九州谁敢做诗王，看我昂头高唱。

西江月

几次招工受骗，一家搭个偏偏，寻搜垃圾岂能嫌，总得有些事干。　　自叹灰尘满脸，谁怜口袋无钱，东拼西凑肚才填，下顿知他咋办。

西江月

抢劫无人敢阻，偷盗何处能防？铁门重叠再添墙，失物居然照样。　　车掉尚存断锁，钱搜仅剩空囊。防贼弄得紧而张，总觉个个都像。

水调歌头

腹内多书卷，便觉似成仙。挥毫直抒胸臆，动辄几千言。诗要超他李白，词欲平肩苏轼，一笑有何难。妙技能填海，巨力可移山。　　窥天宇，探险境，览平川。东西南北走遍，醒眼看人间。随口佳篇警策，乱掷奇珍宝玉，长啸显悠然。铸就千秋业，莫负寸心丹。

水调歌头

一举惊天下，真个要奇才。不然元明清代，何故久徘徊。小脚蹒跚上路，任遣东张西望，终觉像童孩。发聩振聋事，未识待谁来。　云滚滚，驱闪电，响春雷，敢于诗超李杜，大地铲蒿莱。突涌雄篇伟句，放出狂情豪意，挥笔做安排。满世端然立，看我筑高台。

水调歌头

自笑才高大，谁与竞诗王，文坛闻讯尴尬，不敢斗锋芒。唯用阴谋诡计，竭力阻拦大赛，开口骂疯狂。一副可怜相，随处显惊惶。　搬典故，抬李杜，捧苏黄。妄以流言蜚语，逼我作投降。能欠丹心铁胆，信拥雄篇伟句，万里作飞翔。破夜鸡鸣晓，昂首看朝阳。

水调歌头（改父旧作）

西北烟尘滚，东南战火烧。苍黄局势如此，触目寸心焦。欲借倚天长剑，更置驱倭妙策，携手挽狂涛。忍视铁蹄下，血肉溅蓬蒿。　　市井泣，昆仑怒，大江嚎。国亡眉际，何故兄弟自煎熬。应惜文明千古，莫让河山半壁，一旦付轻抛。快立恢复计，呐喊唤同胞。

水调歌头（改父旧作）

漫说小倭寇，猖獗竟忘形。试看山海南北，滚滚惨烟云。谁定驱除决策，唯欲仓皇逃遁，亡国放哀音。忍视疆场上，奋战只孤军。　　失土恨，民族感，自尊心。居然一概轻弃，笑煞党人情。叹我书生一介，纵有从戎壮志，何处请长缨。慷慨挥愁墨，空赋不平鸣。

贺新郎

人类千千万，叹生存，庸庸碌碌，利名牵绊，自晓奔波忙到晚，弄得周身疲倦。却不过，穿衣吃饭。下力打工流血汗，问有谁，可算英雄汉。临死日，多遗憾。　　试翻史载先贤传，看心胸，忧民爱国，常贪书卷。省识为人当重啥，创业先存远见。便富贵亦无依恋，做事行文能果断，让精神，振作阳光灿。劈惊雷，驱闪电。

贺新郎

雨敛风云散，爱园林，红鲜绿润，别般明茜。纵有绛英零草径，未减春光一半。望柳外、双双飞燕，犹自殷勤寻故宅，影翩翩，欲入谁家院。知也否，世朝换。　　当年旧迹浑难辨，向而今，雕梁画栋，已多重建。古井高楼斜照里，仍揖清江不倦，更引出诗情无限。怜取眼前生意满，对花枝，把酒频频劝。千古事，休评断。

贺新郎

往事何堪说，忆当初，焚烧鸦片，义横兵钺。愤彼清廷昏庸劣，弃战求和率割。任国土，列强侵夺，亿万脂膏民族泪，纵洋夷，践踏狂吞啮，山积恨，海呜咽。　　神州孰忍如瓜切，百年来，抗争不断，众多英烈。洒血捐躯何所慑，腐朽终垂荡灭。雪旧耻，图强飞越，世界声威重站立。待从头，笑补金瓯缺，沿两制，路尤阔。

贺新郎·读鲁迅著作

意远空人世，叹先生、铜肝铁胆，漫萦胸次。长借辞章忧国事，挥洒龙蛇满纸。问文苑、谁能相似？俯首甘心为孺子，更横眉，冷对千夫指。鞭愚昧，驳无耻。　　英名信可垂青史！况那般，衰微国脉、急危时势。盈耳徒闻功德颂，谁把真情揭示？幸快语纷纷如矢。拨散瘴烟明鬼蜮，穿高台、弊政浑难恃。文览罢，为观止。

贺新郎（改父旧作）

高阁斜阳外，叹登凭，伤今吊古，易生悲慨。极目河山千万里，往昔英贤何在？愤军阀，居心全坏。不振文明东亚立，搅烽烟，四野如边塞。求私利，将国卖。　　诸君莫笑多狂态。便头颅，喽然掷地，此生何悔。莫让神州空沦落，人世横行鬼怪。愿举世同盟除害，热血男儿横肝胆，树雄心，打破乾坤界。休负却，流光快。

贺新郎

暴雨惊雷吼，划长空，龙蛇闪电，地摇山抖。彻夜骚然人不寐，为接倾盆屋漏。奈斗室难安童叟，女哭娘愁妻叹息，抚床头，水湿衾毡透。披衣立，权忍受。　　凄惶自怨家贫久。正年年，身穿口食，苦于奔凑。安得余钱修破宅，徒把天公诅咒。问人世，谁谋帮救。杜甫当年茅屋咏，对寒宵，我也分明有。千古恨，空搔首。

贺新郎

莫遣狂言吐，恐惊人，斜将冷眼，与今何补。扪虱而谈诚快事，其奈时非往古。念滚滚风流成土，世态枉然翻覆雨。又争知，孰是猫和虎。君不见，多旗鼓。　　鸡鸣狗盗皆为伍，任浮生，随潮逐浪，笑他何苦。既识其间多做戏，休让愁煎肺腑。好对酒听歌观舞，瘴气昏烟如确碍，再抽身，更有谁拦阻？宽心意，无寒暑。

天仙子

物质精神谁重要，休遣利名添负抱。人生遇合且随缘，心莫懊，情无躁，万事纷纭横一笑。　　弄笔吟诗成癖好，老去依然难减傲。为超李杜与苏黄，天难料，地难靠，奇迹还须人自造。

满江红

古柏崇祠，沉吟处，远天寒日。挥羽扇，高台像在，光华长熠。赤胆忠肝呈两表，奇谋大智分三国。享千秋盛誉耸云霄，声名赫。　　茅庐卧，龙冈侧。先主顾，隆中策。抖风云壮气，征南逐北。才遇主贤功业显，命悭我志谁为识。把栏杆拍遍漫无言，心徒悒。

满江红　赠某

每叹先生，年纪迈，胸犹壮烈。关情事，亦非寻常，风花雪月。诗赋漫无陈腐气，文章多似神来笔。若天风浩荡满襟怀，依霄立。　　身已衰，头更白。艰苦压，淫威逼。却英雄气概，未曾稍歇。

秋老方知黄菊劲，岁寒始见青松节。似此君，史册任通翻，都难觅。

满江红

雅片烽烟，回顾处，无限悲凉。人共愤，清廷腐朽，弃战求降。诱虎迎狼华夏境，翻波卷浪太平洋。任列强，国土乱瓜分，竞猖狂。　耻当雪，眉应扬，收香港，固金汤。喜神州梦觉，改革兴邦。别树一旗雄胆略，并行两制大文章。看而今，重整旧山河，屹东方。

满江红

短小篇章，问何以，能成癖好。千秋里，竞挥彩笔，各抒怀抱。爱国少陵多苦切，贬官苏轼常高妙。使中华，词美字含香，腾光耀。　悲与戚，欢和笑。矜幽雅，宣狂傲。引后来读者，追摹仿效。人世欲情全展示，乾坤事物皆材料。看吾辈，继往振雄风，传诗教。

满江红

重过园林，依旧是，风光如画。凭望处，依山傍水，小巧亭榭。竹蔽两条弯曲径，花开几朵蔷薇架。有流莺，柔婉叫声声，临初夏。　碧池绕，虹桥跨。怀往事，情难罢。忆当年送别，伊人远嫁。凄楚泪含双眼目，相思句写香罗帕。向而今，转瞬十三年，还说啥。

满江红（改父旧作）

塔势凌霄，吟啸处，海风萧瑟。横眼底，烟涛浩瀚，水天澄碧。几许渔船浮岛外，数群鸥鸟翔峰侧。倏然间，排浪走飙轮，驱沉寂。　惊往事，心潮激。甲午恨，谁为惕。况连年国难，令人忧急。军阀内争多战火，列强外寇频相逼。问何时，拍手整乾坤，收狂逆。

满江红

小小书斋，言不尽，内涵多少。窗儿下，盈框垒案，又添新稿。石砚陶瓶原古朴，藤屏竹架呈精巧。有奇联，对挂壁生辉，头堪掉。　　室雅静，人衰老。勤阅读，忙思考。把古今杂著，遍为探讨。哲理融输诗与赋，狂书字任行兼草。待文成，独自作沉吟，情难了。

满江红

独倚层楼，对暮景，远山残照。西风里，枫丹芦白，竞添诗料。浊酒三杯心易醉，仰天一望声长啸。待回头，两手拍栏杆，聊寄傲。　　晚霞收，黄叶掉。蝙蝠舞，祠鸦噪。把乾坤思索，究为谁造？老态任随游客鄙，痴狂哪管儿童笑。愿浮生，莫遣效刘伶，徒伤悼。

满江红

垢面蓬头，衣破烂，眼神枯槁。长街跪，求施乞舍，仅求一饱。昼坐夜眠唯草席，挡风顶雪无棉袄，叹流民，背井苦离乡，前途渺。　　天渐黑，路徒绕。鸡乱叫，狗狂咬。恨灾荒年岁，剩饭难讨。索食枉然儿又哭，支身不住娘先倒。盼老天，慈悲念怜咱，行行好。

满江红

急风猛雨，那时节，焉容作詈。任世事，怪奇荒诞，鬼惊神怕。炮炸枪鸣狂已打，笔飞墨舞文犹骂。把阶级横顺划分开，无宽借。　高帽戴，黑牌挂。老与弱，不饶赦。看帝修资反，孰能称霸。万姓九州红与黑，十年一梦春和夏。最苦是，举国众冤魂，全为啥？

满江红

四十三年，须叹我，依然独处。命中遣，巫山梦破，姻缘错忤。有闷徒依衾枕卧，无聊漫把词笺谱。况新来，着意念芳卿，心难主。　将前事，从头数。向阿谁，倾肺腑。寻幽约旧地，空余尘土。残叶魂随秋雨颤，落英情共凄风舞。对萧萧暮景感流光，相思苦。

满江红

台上豪吟，正拂面，萧然晚风。怀千载，此今安在，当日英雄。夜渐迷茫天若网，星如乱弹月如弓。叹是谁，神力竟何奇，弹满空。　　惊鸦阵，噪古松。骇萤点，窜荒丛。撒万家灯火，气势恢弘。汉水流奔声隐咽，苍山猥琐影朦胧。试问他，尘世有何人，继奇功。

满江红

屹立台高，凭望处，群山踊跃。传耳畔，数声钟鼓，寺楼僧阁。险石乍惊横巨掌，危崖恍觉无依托。任清风，拂面意飘然，心如鹤。　　松招手，崖缩脚。瀑悬挂，峰尖削。览万种奇观，又随挥霍。涛卷霞飞云气幻，神施鬼设形相搏。把目光放远复收回，闲咀嚼。

满江红

入夜长空，闪烁出，寒星何数。犹记否，儿童时代，听人梦语。吴质斧难伤月桂，共工怒触擎天柱。算神仙，传说事虽多，浑无补。　　东君父，西王母。孙猴棒，嫦娥舞。更妖魔鬼怪，竞争龙虎。幻觉万般弥世界，醒来一笑俱成古。待回头，孰把人当人，谁真主。

满江红

万仞危峰，已然是，插天高突。更谁遣，层楼筑向，山巅重叠。晨眺可将朝日揽，夜疑能把星辰捏。况登凭，回首渺人间，真仙阙。　烟光敛，飞禽绝。人语静，钟声歇。爱晚来依处，笛堪横掣。袅袅欲惊神女降，潇潇似引天狼泣。待曲终，持酒对长空，邀明月。

满江红　长城

万里长城，吟望处，连峰逶堞。念往昔，纷纭战伐，空留残缺。秋暮尽枯边塞草，夜深还照当年月。叹人间，几度换沧桑，征鸿越。　千古事，浑如织。兴与废，羞频说。把是非评断，易垂悲切。胜败已多豪杰泪，功名岂少生灵血。向而今，寂寞锁关河，风云歇。

满江红

电影荧屏，君不见，太多浮躁。将武侠王朝封建，弄成高调。人物神奇加诡异，剧情荒诞掺胡闹。更爱情床上镜头多，搂和抱。　　男潇洒，女美貌。战皇宫，斗寺庙。再北剑南拳，凑成老套。故事急思招世议，演员强欲逗人笑。到收场，歌舞庆升平，齐称妙。

满江红　黄鹤楼

千古名楼，算有幸，毅然重造。喜用了，绝佳工艺，最优材料。窗阔层高姿壮伟，梁雕栋画形精妙。看游人，望远作登凭，腾欢笑。　　白云在，黄鹤渺，江流涌，霞辉罩。把新诗赋毕，一声长啸。不敢留题羞李白，枉生愁绪怜崔颢。对山川，大可纵狂吟，抒怀抱。

沁园春　题画

应笑多情，笔底江山，偏能释愁。怅人生万事，最难谐意，世间百感，总易交流。塞北风光，江南烟景，每恨无缘得往游。丹青里，将胸怀暂寄，以当勾留。　　高楼置处清幽，恰浑把，湖山放眼收。爱残霞夕照，安排近晚。疏篱红叶，点缀深秋。鸟落平林，人归远径，一任渔翁占渡头。明月夜，想轻舟独泛，兴自悠悠。

沁园春　咏牛

应叹为牛，只可谦卑，未可矜骄。爱杏花村畔，牧童横笛，元宵灯夜，田父吹箫。卧锁粗栏，食唯贱草，却把耕耘担子挑。虚荣事，让王冠国宝，老虎熊猫。　　善良更属脓包，被捆绑拖临宰割刀。要供人皮肉，粉身碎骨。与民奶酪，久任烹炰。劳苦功多，奉献重大，保护谁曾调子高。轻鞭打，要可怜牲口，唤我同胞。

沁园春

何物芬芳，未睹仪容，先传暗香。正书斋静读，飘临几案，砚池墨冻，荡近疏窗。触拨幽思，牵来雅兴，昂首高歌意欲狂。寒冬季，有梅花送岁，冷又何妨。　　休嫌老屋颓墙，待明月相将聚一堂。借醇醪半盏，与同欢笑；新诗数首，共诉衷肠。俗世炎凉，浮生困窘，且任东皇乱主张。从今后，遇风欺雪压，互祝刚强。

沁园春

一卷诗成，辗转沉吟，反复推敲。纵有枝有叶，难寻果实。无根无蒂，易作萍漂。孰与吹嘘，谁为广告，纸扎浆糊帽始高。文坛上，惜知音不遇，读者难招。　　柴门况掩蓬蒿，任白首凄凉手自搔。望远峰几座，参差漠野；疏星数颗，闪烁寒霄。物尽沉眠，人皆死睡，岂肯来听警世箫。空辜负，这少陵史笔，屈子离骚。

行香子

四面山幽，独座红楼，对门前一曲溪流。闲花冶艳，野鸟啁啾。正风儿调，雨儿顺，月儿柔。
岁月悠悠，啸傲王侯，喜自有诗酒相酬。沙鸥白鹭，好做朋俦。也不需名，不需利，不需忧。

采桑子

相逢叹息俱头白，岁月蹉跎，往事如何，欲共乡音语竟讹。　　浮生卅载飘零况，万里关河，无限风波，提起分明泪点多。

南浦　以《唐宋诗词选》赠别

风骚千古，问何人，承继大江河。年去岁来匆促，空令枉销磨。几许风流名士，笑依然，把卷费描摹。叹少陵久逝，东坡难返，谁起发洪波。　纵有词章仿效，也无非，鹦语燕声讹。莫道雕虫小技，姑请试吟哦。唐宋诗词佳处，算看来，选备此书多。愿而今赠别，异时海内换君歌。

御街行

薄田数亩龙冈下，村小难成社。莫嫌地僻少人行，自有风光如画。溪流桥底，花红山野，绿树荫茅舍。　稻粮收罢场中打，禾草留空坝。年成幸足虑无多，浊酒一杯闲把。竹篱荆院，豆蓬瓜架，好共桑麻话。

满庭芳（改父旧作）

怪事偏多，奇闻岂少，可惜全属荒唐。江湖戏法，姑且看无妨。旧调而今已厌，恰须得，变换新腔。何须管，牛头马面，粉墨尽登场。　沧桑，能不笑，无多岁月，几许辰光。纵举金招牌，骗骗愚氓。孰谓人间似梦，似梦也，梦也何长。沉吟际，宽街小巷，灯火又昏黄。

玉楼春

漫无情绪和衣卧，忽有佳人来伴我。细腰胜柳软于绵，小口如樱红欲堕。　　恨他风雨偏惊破，醒后依然成独个。拥衾痴念夜犹长，拟把梦儿重做过。

玉楼春

知音不遇空烦恼，欲版犹难倾积稿。天空明月已高悬，水面寒星何可舀。　　心知万事需逢巧，诗待谁人来说好。几经筛选避锋芒，仍怕当今容不了。

玉楼春

利名枉遣心魂缚，几度难分今又昨。闲翻架上史和书，慵管世间清与浊。　　午间悄语檐边雀，秋菊偷开篱畔芍。草堂沉睡日清和，大梦有谁先我觉。

采桑子

吃喝风气难纠正，林虎海豚，种渐难存。公款餐厅腹欠扪。　　酒绿灯红盘盏聚，野味山珍，龇齿张唇，只欠听闻到吃人。

沁园春

叹息贫寒，危房屋漏，遇雨成灾。念千家穷处，两条陋巷，一车驰过，十里尘埃。几株毛桃，三棵苦李，也算当年绿化栽。闻计划，要重新修路，哪有钱财？　　人间久欠安排，把政策寻思再细猜，说开沟掘井，不需挑水，输气架管，代替烧煤。改革兴邦，脱贫奔富，群众欢声响若雷。还只怕，是文章官样，仍属诙谐。

沁园春

岁岁年年，展纸挥毫，长坐书斋。惯忧民忧国，思名青史，筹谋划策，待展雄才。诗咏千秋，文论百代，一肚痴情未省呆。渐积稿，已填箱塞柜，几欲成灾。　　神州何日惊雷，叹命运从古乱安排。令时光仓促，机缘易失；风云变化，天意难猜。混沌乾坤，荒唐世界，鬼怪妖魔岂让开。深更夜，把星辰仰望，再次徘徊。

沁园春

闭目沉吟，俯首挥毫，又到深宵。听时清时浊，谁家儿哭？忽遥忽近，何处笙箫？眼被烟熏，身为蚊咬，搁笔狂将痒处搔。最堪笑，是投墙背影，缩颈弓腰。　　倚灯一任清寥，把积稿重新改又抄。要平心静气，按律斟酌；竭思尽虑，逐句推敲。诗岂穷人，文焉嫉命，孰谓乖违总自招。他日看，定雷鸣电闪，响彻云霄。

南楼令

弃却世人欢，长陪佛像闲。对青灯，打坐参禅，岂管红尘名与利，心沉寂，少忧烦。　　袅袅一炉烟，晨昏礼拜虔。击钟声，警唤痴顽。衣食任随香客供，不商贾，免耕田。

踏莎行　荒冢

乱石嵯峨，蓬蒿莽壮，一堆荒冢何人葬。朝临一阵雨垂淋，夜来数点萤飘荡。　　既缺碑铭，更无塑像，是男或女凭猜想。野花聊摘献坟前，默然吊罢还惆怅。

百字令　题祖母画像

精描细画，是俺家祖母，八十时节。经世三朝人健在，多少儿孙罗列。倏忽光阴，艰难岁月，未觉容光折。见图如面，慈颜依旧亲切。　　回想操政持家，奔劳内外，终日无休歇。爱幼尊亲忘己处，感动里邻皆说。俭朴家风，忧勤事业，我辈当承接。愿伊长寿，百年侍奉无缺。

踏莎行

危石东倾，寒泉北泻，峰尖未许重楼跨。凌云径滑藓苔斑，悬崖松古藤萝挂。　　乱鸟归飞，残阳欲下，千秋冷眼瞧王霸。凭君指点渺尘寰，登临莫吐英雄话。

山花子

勾引东风数点红，梅花红罢海棠红。开到满园花盛日，万千红。　　燕子飞时杨柳碧，杜鹃啼处夕阳红，零落无情春去也，泣残红。

江城子

草原入望远天长，野青苍，遍牛羊。近水临坡，随意点毡房。纵马扬鞭人勇健，歌起处，鸟飞翔。

盛情酒美奶茶香，劝君尝，醉无妨。地阔民勤，族异性豪狂，回忆古来多战伐，胡与汉，欠商量。

离亭燕

敝舍虽非宽大，陋室无妨潇洒。纵使家贫徒四壁，且喜满墙诗画，几净与窗明，装点足称风雅。

最爱读书灯下，尘事不将心挂，惯自长吟深闭户，省却许多闲话。有客若登临，记取门儿轻打。

行香子

情也重重，爱也浓浓，漫无由转瞬成空。依窗独眺，夜已迷濛。有一片云，一团月，一丝风。
身似孤鸿，心绪无穷，任佳节酒绿灯红，欢声笑语，了不关侬。听几声歌，几声闹，几声钟。

行香子

杳杳苍穹，澹澹云峰，衬山门景趣无穷。境如仙界，庙若神宫。有几株槐，几株柏，几株松。
万物虽丰，四大皆空，悟禅机耳目心聪，一身灵气，两胁清风。听几声经，几声磬，几声钟。

丑奴儿

丹枫又衬白芦洲，才上高楼，又下高楼，怕见悠悠水自流。　　风帆来往江中过，顺水行舟，逆水行舟，啼笑千年总未休。

捣练子令

传暖意，送春光，都道东风力最强，今夜妾眠思荡子，可能吹梦过长江。

临江仙　半园仿董元恺

半水半山风景，半烟半霭斜阳，半间老屋半林塘，半园栽果菜，半地放牛羊。　　半径闲生野草，半截任倒围墙，半篱寒菊半秋黄，半生如隐逸，半醉若痴狂。

临江仙　一笑

一碗一瓢自足，一书一画安详，一人如与世相忘。一樽成醉卧，一梦又斜阳。　　一颗灵心欣在，一副模样颓唐，一诗写就喜而狂。一生随运数，一笑又何妨。

更漏子

想还思，斟又酌，窗外虫声依约。灯倚案，影投墙，失眠偏夜长。　　都说爱，如病害，竟坠这般情态。心上事，笔端诗，那人知不知。

竹枝词

笑郎能唱竹枝歌，想妹偏偏怕过河，今夜候郎山洞口，莫抛船桨说风波。

南乡子

园小路原通，远处闻敲几下钟。幸喜寻来鞋未湿，濛濛，春在垂杨细雨中。　　入院兴匆匆，对着池塘再整容。约我之人来也未，浓浓，花发蔷薇满架红。

玉楼春　有讽

附庸风雅休惊诧，不道文章还说画，千年经史案头堆，一副对联墙上挂。　　眼空四海心常大，碎句零篇能算啥，文坛每叹缺佳诗，见了佳诗偏害怕。

散曲

山坡羊

圈占田土，当今急务，建出高楼何计数。广厦居，有钱户。望洋兴叹愁杜甫，不见许多新别墅。房，无人住；人，无房住。

山坡羊

精神麻木，钱求充足，白字连篇谬盈幅。史何物，诗何物。出口分明欠教育。仓颉造字鬼夜哭。书，无人读；人，无书读。

一半儿

出门天曙数声鸡，霜滑板桥印马蹄。身上背包手又提，珍重别，各分离。一半儿朝东，一半儿西。

山坡羊

江舟摇棹，江田耘稻，江岸车马人行道。路遥遥，水迢迢。毕生苦恨知多少，劳累仅求温与饱。江，流不了；人，忙到老。

套曲

（斗鹌鹑）气候清佳，江山似画。恰遇丰收，稻粱初打。赴喜溪村，贺人婚嫁。路已宽，桥亦架，车驰顺平，意呈潇洒。

（紫花儿序）沿途看林林果树，圃圃秋花，润染出不尽烟霞。渔舟虽有限，坝水却无涯。天哪，几时竟出现了如此这般大变化，楼房碧瓦，尽换当年草舍篱笆。

（秃厮儿）让重临远客难辨谁家，欣姥聚童围岂误差，庭中欢笑闹正哗。门挂彩，户垂纱，难假。

（圣药王）乍停车，按喇叭，乱纷纷老少出迎迓。心乱杂，礼品乏，尚恐新婚夫妇会嫌咱，竟吐吐吞吞说不来话。

（紫花儿序）进门来先强坐下，餐堂里早喊摆酒，新娘亲为泡香茶。问候不歇，盛情难罢。堪夸，女貌郎才乐坏了爷。这一双般配确无瑕，从前已同读文书，今后好共植桑麻。

（尾声）祝贺辞，宴前举杯总该说点啥，愿夫妻和和美美敬爹妈，学科技，建设农村为“四化”，应号召，节制生育只一娃。

自制曲（改父旧作）

莫道西风忒寥落，露滴滴黄花万朵。斟绿酒，漫吟哦，醉了南窗卧。甘澹泊，笑呵呵，奉守濂溪旧衣钵。

有时节，呼朋约友三四个，步城南把古迹挲摩。对白雪巴人无酬和，只落得，痛饮狂歌。有脚当安车，有舌似悬河，泻尘襟打开眉上锁。撒一会儿泼，装一会儿魔，哪管他谁清与谁浊。

看，看，看，日西堕；怕，怕，怕，明镜朝来白发多。把绿槐穴挖穿，将黄粱梦做破。漫叹他，百岁驹光如燧火。今日个，山一抹，树几棵，微霜初过。似画面，青一簇，红一角，色彩调和。

从今后，任随俺，芒鞋破服随缘过。放逍遥，保养天和；对乱世，苟全性命可。这玉壶中，酒脱无灾祸，哪管他明日尘世满风波。

新 诗

碎语篇

猪知道自己的肥壮不是好事——当拖进屠场的
时候。

但它又忍不住自己的贪馋——当喂饲料的时候。

“鼓啊，你明明是在挨打，却为什么要发出高兴的
声音呢?”

“不这样又怎么办呢，别人将敲打得更为厉害呀!”

满瓶水高傲地想：“我是摇不响的!”半瓶水
说：“那有什么了不起，空瓶不也正沉默着
吗?”

笼中鸟对林中鸟说：“你不害怕你生命得不到保障吗?”
林中鸟不回答它，笑着飞走了。

天空清高得太空虚了。
大地充实得太庸俗了。

藕把美丽的荷花送出水面，却把洁白的自己埋藏在污泥里。

大江大河炫耀着它的浩荡。
小溪细流炫耀着它的清澈。

冰雹虽然是水变成的，而且也必将化为水，
可干旱的禾苗却对它怀着恐惧。

大海呀，沉默吧，你喧嚷得太久了！
高山呀，开口吧，你沉默得太久了！

人创造了世界。
而世界却毁灭了人。

狗决不会为了将来的肥肉而抛掉嘴上衔着的骨头。

道路把人们送往远方，而它自己却始终满意地停留在原地。

拿走我财物的人，被我恼恨着。
而拿走我心的人，却被我热爱着。

舞台上博得掌声最多的往往是小丑，而决不是什么英雄，懂得此理者懂得生活一大半。

风筝在天空上高傲地想："如果不被绳索牵住的话，我也许会飞得更高些呢？"

蜜蜂的"嗡嗡"是为着花蜜，而决不是为了花儿的美丽。

乞丐伸出的手是肮脏的。
而盗贼伸出的手却是罪恶的。

“幸福呀，为什么我总得不到你呢?”
“你把标准挂在我上不去的高峰呢，人呀!”

“人是生活的主人。”有人得意地说。
“人是生活的奴隶。”有人颓丧地说。

当山泉失去依靠时自会形成美丽的瀑布。

养在池塘的鱼，你让它怎么会知道江河湖海的阔大呢?

过分注重得失是一种愚昧，
过分轻视得失也是一种愚昧。

别用平庸代替了平凡!

每一个时代都是历史的阶梯，但千万别弄错了，我们究竟是在上升还是在下去。

该不会因为怕流泪而放弃那悲剧结局的最后一幕吧!

那躲在乌龟壳里的除了怯懦还能有什么呢!

世界如一扇关不住的窗，心灵可别像一扇打不开的门。

“自由啊，为什么我总得不到你呢?”
“当你得到我时，我自己岂不丧失了自由么?”

国王说:“我富有权力!”财主说:“我富有财产!”学者说:“我富有知识!”傻子说:“我富有幻想!”

等待看见走来的事物失望地说:“我需要的可不是你啊!”

有些诗像口水话。
而有些口水话却像诗。

“花儿呀，你献出什么?”“我献出美丽”。
“果实呀，你献出什么?”“我献出丰富。”

感动我们的往往只是一曲歌，或一首诗，或一幕戏，或一件事，而决不是全部，懂得此理的便懂得了平凡。

不能忍受他人的讥讽，却忍受了亲人的拳头。

勇敢者不怕流血却怕流泪。
懦怯者不怕流泪却怕流血。

致某君

为什么这样消沉，
为什么要说等，
让额头上的皱纹，
矜持着目前的聪明，
让嘴角边的苦笑，
叹息着昔年的愚蠢。

还没有什么收获呀，
你怎么能：
就拉转那爬出去的藤，
任生涯往油锅里滚，
让性命往大海里沉，

为什么不在社会的大博场上，
拿出你最后的赌本。

孤 独

倦了，世途的奔波，
淡了，虚妄的欢乐，
别唱，豪壮的高歌，
别提，当年的誓约。
在这浩浩茫茫的宇宙间，
哪里会有一个顶天立地的我。

黑沉沉的寂夜，
见不着一星儿的火，
不要夸什么千家万户
活像似一堆堆坟墓，
人们都昏昏地死睡，
任你把喉咙喊破
也休生一点儿幻想，
能激荡出那回响的音波。
在这没有生气般的人世上，
犹如只活着一个：寂寞凄凉的我。

过去的事儿已经做错，
如今还提它干什么，
在这寒冬般的严威下，
四处都张布着网罗，
纵加千万的小心，
怕也有那不测的祸，
狂情早就该减少，
牢骚更不必那么的多。
在这庸碌无成的生涯中，
确也该还原一个：平平常常的我。

我的胸怀

我的胸怀
像一片荒原
碧绿的颜色
没有边际

我的情思
如杂乱的野草
震颤的

在微风中摇曳

上面没有飞翔过苍鹰
下面没有畜牧过马群
望不见清浅的流水
听不见牧人的歌吟

只有斑驳的小花
点缀这迷离的草地
但花儿色彩的凄清
又恰如我心上的忧郁

赠某女士

终于，你走了
只留给我一个残缺的梦境
撕碎的诗稿
喝过的酒瓶

披上希望的风衣
戴上迷茫的墨镜
携走那故乡的彩云

携走那灯前的笑语

何时再回来看看呢
也许，被你揉碎的那颗心啊
已经变作一堆黄土
也许，已变成了那坟草的青青。

真理在哪里

一朵野花里，我看见美丽。一瞥眼光里，
我看见爱情。一盏油灯里，我看见光明。
可是为什么，任何事物上，从不看见你。
有人告诉我，世上没有你。倘若相信有，
糊涂害自己。有人告诉我，有是有真理。
但要得到你，须得去努力，寻求和争取。
我时而相信，时而又怀疑。古往今来哟，
有过多少人。就为寻找你，献出了他们，
宝贵的生命。但也不过是，演出一幕幕，
历史的悲剧。如今我寻你，翻遍了书籍。
如今我寻你，走遍了大地。但也只得到，
可怜的空虚。辗转复反侧，推敲又整理。
今夜偶无事，又来细思虑。恍然忽大悟，

获悉了秘密。要问真理啊，究竟在哪里？
原来你就在，我们的心里。

寻找

在寂寞里寻找
在苦闷中呼叫
多少个青春的岁月
枉付与那百尺高楼似的凭眺

美梦是那么的缥缈
情怀是那么的无聊
在人世茫茫的苦海里
何处啊才是我应该栖息的小岛

道路是那般的漫长漫长
山峰是那般的陡峭而又高高
在坎坷困顿的征途里
又怎能呈现那田园牧歌似的情调

任桃花已红满枝梢
任杨柳又绿上柔条

但就在蝶舞莺歌的季节里
也没有方法除去我无边的烦恼

徒让那火热而澎湃的胸潮
碰碎在自我冰冷而又坚硬的心礁
而这些无端留下的空幻虚无的阴影
更深深地把自己的幽魂笼罩

我何曾有过什么样的欢欣
我何曾有过什么样的骄傲
青年男女们所谓的欢乐啊
无非是挂于我口角上的冷嘲

虽说蛊惑的寒星已在夜空里逗挑
虽说引诱的残霞还在黄昏的天边媚笑
但我却紧闭了自己的心扉
不让它有一丝儿的动摇

是痴人就不怕迷了心窍
是灯蛾就不怕什么火烧
在漫漫长夜的期待中
又怎能说那真正的光明就不会来到

诗联对联

崎岖路作人生走
变幻云当哲理观

世事驱人疲亦走
风枝欺鹤倦还飞

填充宇合苍茫气
穿透时空呐喊声

架堆文史书千卷
壁写诗联字几行

龙囚影匿吟深壑
虎缚声狂啸大荒

观形势不容袖手
对人生莫只摇头

抽身自觉难谐俗
出手谁云已不凡

千年古器横书案
万里名山立画图

半米锅烹全蜀味
一调羹搅满城香

篆将丑石如龙蛰
挥就狂书作凤翔

诗求会意文宜短
语欲惊人话莫多

未识何为心内鬼
不知谁是意中人

人情阅遍无奢望
世味尝多不妄求

奋笔别开诗境界
构图先找画心源

遮丑破墙皆贴画
讳穷佳节只吟诗

赋诗自觉难销闷
画饼谁云可解馋

谁将待物心同待
孰把观人眼自观

凝思苦涩诗多瘦
下笔清寒字不肥

道路总需人去走
文章终要字来填

横胸似有千重意
开口偏无一可言

做人宜直脊梁骨

处世无存侥幸心

热血怒从心上涌
头颅拼向国门悬

秋色淡亏红叶补
危峰高借白云扶

两间陋巷孤栖屋
一幅寒江独钓图

着身已谢衣能暖
到口休嫌饭不香

谁真死后能成鬼
孰忍生前拒做人

鱼被钓因贪食饵
马安骑缘怕挨鞭

腹中气傲徒添累
囊里诗佳不救贫

古书文妙焉烦录
自作诗佳不厌瞧

频输商战羞争利
屡困诗坛怕说名

岂可无诗能度岁
当然有酒便随缘

闲花野草皆含趣
作赋为文各具才

花争浓艳心羞淡
峰耸崚嶒意耻平

面壁已将粗气敛
醒人还待大声呼

潭枯借雨添三尺
山矮拖云补数峰

心同花烂漫
意共鸟飞翔

书房联

春吟夏咏谁言百岁浑如梦
铁胆铜肝孰谓一身都是狂

佛寺联

只记着求些福去
别忘了带上心来

酒店联

需怎样方能放开酒胆
要如何才对得起肚皮

“文革”中破毁寺庙联

南海涌红潮，缺腿观音，不让眼珠看世界

西天悬丽日，无头佛主，空留屁股坐莲台

中药店联

详察味中味，同实同根，搜寻未少疗人药

细参理外理，相生相克，领悟犹多济世方

路亭联

宜作小休亭未短

拉开大步路还长

诗话选

狂诗吟

某诗作者在刊物上发表作品已久，然总不见有评论家论及，诗人遂携近作若干，造访于某评论家。评论家览罢其作赋诗云：

“有似哼来有似哈，枝头闹得眼睛花，
虽嫌嚼蜡无滋味，也算争鸣是一家。”

诗人不明何谓，评论家笑道：蜡嘴雀而已！诗人方大窘而退。

近闻有三位诗人在一起吹牛，因无法角胜，有一位便提议用诗来吹牛，所赋内容以猪、鱼、龙为限，各咏七绝一首。于是甲赋诗咏猪云：

“吹猪原不限吹牛，象体为躯伞大头。
牵到屠场犹未宰，肥膘已顺脚边流。”

乙赋诗咏鱼云：

“浪游烟海无人问，十载垂钩怕打盹。
钓起当时犹不觉，一称竟有万多吨。”

丙赋诗咏龙云：

“飞腾搅得月光寒，万里长躯一曲弯。
昨夜见龙江上饮，尾巴犹在斗牛边。”

三人咏毕各不相让，读者诸君以为谁的吹牛诗最佳？

好诗趣味甚多，如大略分之可为奇趣、妙趣、幽趣、险趣、怪趣、狂趣、谐趣、苦趣等，不一而足。闻某诗社聚会，众诗人各写数句，要求分占诸趣之一以定优劣。于是A诗人作奇趣诗《梦游》云：

“性悦山川别有心，醒来犹记梦中吟。
何人独立高峰上，揽袖呼风唤白云。”

B诗人作妙趣诗《闺情》云：

“背面由郎独语频，矜持故作漠然听。
无端掩袖回偷眼，漏泄心中无限情。”

C诗人作幽趣诗《夜望》云：

“四望朦胧黯淡山，依松夜立觉秋寒。
疑他雁拂银河过，摇得疏星落古潭。”

D诗人作险趣诗《过三峡》云：

“入眼惊心气势豪，舟如片叶浪头高。
江流未怕群山阻，冲出夔巫路一条。”

E诗人作怪趣诗《扑灯蛾》云：

“造物宜知事理深，何妨安处夜沉沉。
笑他枉付追求力，反被光明误一生。”

F 诗人作狂趣诗《入蜀杂兴》云：

“诗文好向蜀门开，千古犹传李杜才。
莫道只今人去尽，满天风月我重来。”

G 诗人作谐趣诗《石狮》云：

“巨石雕镌用守门，鼓睛作怒口如盆。
笑他枉自张牙爪，到底威风不咬人。”

H 诗人作苦趣诗《候人》云：

“期约徒劳仔细猜，门前相候独徘徊。
远山有径无人影，唯见乌云抱雨来。”

由于各具高低，谁诗最佳，终无定论。

某穷诗人遇一姓黄名金钱者，不禁赋诗取笑云：

“睹君颜貌本来端，铜臭偏多却讨嫌。
恐是爹妈不识字，误将名姓唤金钱。”

该黄金钱者闻之也不恼，只以诗笑答云：

“千古诗人怕说钱，奈它总与命相连。
孔方山谷聊为戏，阿堵王衍未是嫌。
街市漫嗟商品贵，文坛莫怨出书难。
愿君抛却贫穷态，好把黄金另眼看。”

诗人自觉碰了一鼻子灰，倒弄得无言可答了。

清代某大臣为沽名钓誉，幕府中也罗致了几许人才，但大都委以闲职而不予重用。某次大臣生日，群贤入贺。一幕僚献一幅墨龙祝寿，可惜画上无诗。大臣便在宴席上请能诗者即兴现题。某贤士应声愿赋，大臣不胜欣喜，忙叫备笔，以为必有一番恭维。谁知其写的却是：

“吞云布雨几多功，万里江天喜见虹。
辜负苍生无限意，叶公原不好真龙。”

大臣看罢哭笑不得，寿宴也不欢而散。

“闲心真遣伴浮云，世事回头笑亦轻。
默对青山常悟道，静随流水每生情。
欲穷苍翠林犹密，历尽崎岖路始平。
日暮独依峰际望，忽闻野鸟一声鸣。”

乃周自强先生诗也，其人以“三怪”出名：一为人怪，即其性情与常人迥异，近五十之人，依然独处焉；二为书怪，其书法非隶非楷，非草非行，不古不今，独具情趣也；三为诗怪，如：

“青山绿水意悠悠，莫遣长歌效楚囚。
逐胜应须穷鸟径，猎奇终要觅源流。
远峰凝视无还有，幽谷沁凉夏亦秋。
飞瀑悬泉增野趣，何妨冒雨作狂游。”
“行迹年来不自藏，人前出语渐粗狂。
牢骚已任和诗写，感慨焉能被口框。

撒泼纵难逃劫算，装魔犹可露锋芒。

冷嘲热骂当今事，快意身心吼一场。”

这些诗，皆为一般诗人所不能道及。其人常以隐士自居，以“逍遥狂客”自号，旁人欲知其姓名住址，皆笑答云：“命该如此无须躲，游戏人间何不可。自喜精魂未染尘，茫茫世上休寻我。”其不拒余者，以余为闲客无妨也。

某君工于仕女图，一次因图中人面为观者论及妍媸，从此画图时，只画仕女之背影。并自题诗云：

“时人好色已成风，评议多由仕女容。

把笔任他疑美丑，只将背面画图中。”

此举诚为画坛趣闻。近有宋某戏题此公之《黛玉葬花图》云：

“葬花背立怅林丘，纨素称身体态柔。

评论俱佳唯一恨，恨她终古不回头。”

亦为雅闻。

归乡诗，今古多有佳作，以唐贺知章诗最为名世：

“少小离家老大回，乡音无改鬓毛衰。

儿童相见不相识，笑问客从何处来。”

今有某赋诗曰：

“归来不复旧门窗，离别伤心岁月长。

白发婆婆烦借问，谁知抬首是亲娘。”

余每读此诗，总有一种悲凉情绪堵塞心间，诗其宜千古乎？

骂人诗，古今皆有，《文革》中，余友陈君曾有感于当时报刊常载“四人帮”御用文人之所谓文史学术文章，赋诗骂云：

“武断文章信手编，洋洋洒洒数千言。

欲呈聪慧原无术，露出昏庸实可怜。

未懂犹然言史学，不通何必论诗篇。

刊来可惜无多用，枉被时人作笑谈。”

此诗虽仅为友朋知晓，然其骂得淋漓痛快，至今犹能记诵。

闻有某，虽诗作未多，然常以诗人自命。每与人谈，皆喜问人：能诗否？对方倘能，则乐与交谈；若不能，则鄙夷不欲与之多言焉。某次与温宁遇，彼照常问能诗否。温初见其人，未识高低，不敢贸然答能，欲敷衍以过。彼却穷其追问，温只得勉强应付曰：“初学而已。”彼似有所憾，但仍乐与谈。话一多，温即识其人诗才甚劣，故意请其示以大作。彼毫不犹豫以近作《咏梅花》示。温读及“今年春已过，还请下回来”，不觉哑然失笑。彼闻笑，颇有愠色，语温曰：“不好否？”温即答以诗云：

“路畔多多有，贱微不用栽。
随风狂播子，遇雨乱抽薹。
性毒休相触，容差枉自开。
农家粪窖足，还请下回来。”

彼不解，问温诗咏何物。温笑答曰：“打破碗花也！”彼始知温为戏己，虽愤欲与争，奈诗才不敌，只得丧气回避焉。盖“打破碗花”，有毒且贱，无美色香味可言，川西平原多有之，农家用其掷粪窖以杀蛆蚊。温能即兴借某之末句赋此，亦属才人巧思矣。

目前，报章杂志屡言抽烟之弊，且有戒烟日之倡。某瘾君子不以为然，咏诗曰：

“养成习性戒原难，嗜好而今各万千。
二指轻弹增洒脱，一天劳困变悠闲。
税高利国多功益，物小酬人少弊端。
体健未需瓜果食，不如饭后一支烟。”

虽强词夺理，诗亦不乏谐趣也。

闻某君之子正读高中，平常贪玩不好学，成绩甚差，最怕考试。某次年考，胡答试题，知难过关，于试卷末附一打油诗云：

“拿起试题心就抖，怨余上课神难守。
写鸡未像偏如鸭，画虎无成反类狗。
四倒三颠文不顺，七糟八乱字尤丑。
这回碰到期终考，还请先生打让手。”

老师阅卷见其诗，不禁失笑。亦用其韵答以诗云：

“成才桃李多多有，就你贪玩愁棘手。
纵使题难须动脑，岂需话废不停口。
满堂考卷笔生花，一个答题风摆柳。
让手为师本不难，还须先请喝烧酒。”

盖言要让彼蒙混过关，除非自己酒已喝醉也。

近读某诗人新作：

“独倚危栏淡淡风，四围山色渐空濛。
嘶声竭力村头犬，舞爪张牙岭上松。
残月牵情寻隐约，远灯引梦入朦胧。
恍然忽起诗人兴，辗转低吟总未工。”

其诗咏山村夜景颇为精当，中两联甚传神，尤以“嘶声竭力”与“舞爪张牙”句，用词巧妙，较之古代名家未为屈也。

某年轻学者，苦学多年，著述颇丰，惜国内无人重视，只得借亲属之便出国讲学。其人在海轮上怅吟一律。诗曰：

“海天无际暮云长，独扣船舷忆故乡。
梦醒已成千里别，醉来空负十年狂。
才情未遣登科苑，诗句徒劳贮锦囊。
回首茫茫休感叹，沉浮鸥鸟又飞翔。”

自想科技界能有此诗才，非华罗庚、苏步青一流莫至。人才外流，尤可叹也。

诗咏冰山难靠者，古今不乏。近闻汪某咏冰山诗，别具新意。诗曰：

“百仞冰峰望眼收，如琼似玉屹山头。
冻连天宇云还惧，寒浸肌肤鸟亦愁。
独把严威临下界，唯将点滴向中州。
何时化汝千秋雪，一任长江万里流。”

诚为块垒郁结士之快意语。

闻二三十前，粮食紧张时期，有某人暗中偷赋一诗云：

“半属干来半属稀，欲添一碗已无余。
乱掺野菜焉能饱，化作清汤仍是饥。
骨架细来如鼓架，肚皮薄得像葱皮。

早知吃饭难如此，惜不当初变蚂蚁。”

诗能记忆至今，真得为其捏一大把汗了，回顾当日，又岂不令人悲乎！

白居易诗有：

“绿蚁新醅酒，红泥小火炉。
晚来天欲雪，能饮一杯无?”

时于今日，大多数人皆可领略此境。回首粮食紧张年代，余父曾有感白诗，赋诗云：

“把卷常思白大夫，诗人贵贱不同途。
有钱难得新醅酒，无炭怎生小火炉。
握笔自怜双手冻，披襟谁慰一身孤。
几回不耐寒宵冷，拥被高眠懒著书。”

盖记当年实况也。作者当时尚幼，纵历饥寒，啼哭而已，岂识父母辈之艰难伤感乎。

“文革”中，某文士不满“四人帮”专权误国，对一切报章杂志之约稿拒而不纳，并对几个“帮四人”之所谓诗人、诗作嗤之以鼻。曾私下赋诗云：

“暂持沉默待春来，枝干犹存不自哀。
冷笑梅花无傲骨，献媚偏向雪霜开。”

其诗一反古人对梅花的赞誉，竟成为骂梅诗

了。时代使然，可作另一格调看。

“文革”中，冤假错案繁不胜举，某学者因旧著受累下狱。囹圄中悲愤填词，平反后始敢忆诵于友人。其《满江红》词云：

“莽莽神州，容不下，痴人狂客。文字狱，千秋万载，竟难消灭。镣铐偏亲才士骨，牢房常溅英雄血。况人间，冤屈浑如许，谁为雪？　夜寂静，秋虫泣，铁锁禁，高墙隔，把一腔忧愤，向谁倾泄。报国无门苏子泪，尽忠有胆董狐笔。问何时，彻底扭乾坤，东方白。”

真可谓字字血泪、摇人心肺之文辞也。

另于“文革”中，有人对“四人帮”专权祸国深为愤怒，曾偷赋《西江月》一首云：

“治国全无妙策，宣传枉有喉咙。报章文件闹哄哄，恰似痴人说梦。假话谁都在讲，饥肠画饼难充。小民叹气米坛空，生死全凭瞎碰。”

其刻画当年景象真而且实，应属史诗类文辞也。

咏牡丹诗古今佳作不少，近有苏轼故邑眉山某咏牡丹云：

"实怨当年好事人，群芳谱里把名尊。
繁英有愧呈羞态，冷露无心布泪痕。
便拥丰姿非竞艳，纵含国色不争春。
世间若少阿谀客，富贵雍容怎养成。"

其诗不脱不沾，尤以尾句意涵深旷，可为世间阿谀奉承富贵权势者诫。

据传，齐白石先生某次来蓉，客其弟子某戚家。某戚以齐在家之便，请齐作画赐。齐老因厌其人粗鄙庸俗，几番推辞，不肯作画。某戚求之逾切，并言："即一笔亦可。"齐无以拒，遂持笔焉。某戚心中暗喜，以为一幅丹青即可到手，孰知齐老心中有数，汝一笔亦可，吾即画一笔，于是挥毫入纸仅一笔，某戚尚未明白过来，齐已掷笔拈髯微笑矣。某戚仔细看图，原来所画乃一支未燃之香也。言出在先，又未便反悔，只得苦笑而已。事为某闻，赋打油诗云：

"图因白石应珍藏，已画总比未画强。
但苦人前难展示，居然只是一支香。"

闻有某妇，夫出国数年，杳无音信。妇人独处，忧烦与并，填《酷相思》一词云：

"帘外飘残花数朵，倚绣阁，人独坐，把针线闲挑眉又锁。思郎也，信无个，恨郎也，信无个。叹息韶光容易过，自别后，情无措，抱一腔幽怨和衣卧。好梦也，无一个，恶梦也，无一个。”

其词意婉情深。想其夫若览，定当负笈而归矣。

狂诗吟

闻有某，才思俱妙，惜乎身世寒微，故所著诗文不为时人重。后与某公交，公乃文坛名宿也。某赠诗云：

“交谊能致姓名高，一曲知音世已寥。
良马甄寻须伯乐，妙辞推奖待刘曹。
藤攀霄汉常依架，路越江河总赖桥。
苦恨余文时不重，烦君诗笔挽狂涛。”

公览其诗后，果用文章为其推荐焉。其人诗文遂为时人重。文以人传，能不信乎？

有向某翁索名片者，翁笑谢之，并口占一绝云：

“平生不以姓名传，误落人间亦等闲。
有事若来呼唤我，阿猫阿狗也欣然。”

诗虽俚俗，然寓诙谐无限意，其人风趣可想。况今扰扰世上，名片纷飞，衮衮诸公，或某某经理、主任，或某某博士、教授，虚衔雅号得不亦乐乎，及至小小名片，文字拥挤若芝麻大，如览此诗，宁无愧乎？

天下名山，自古以来之诗人多有题咏。近闻某君咏华山云：

“峭立雄奇耸碧天，峰危路险独攀难。

云横绝岭莲花黯，月冷中宵玉女寒。

仰首松涛疑夜雨，低头灯火辨人烟。”

凭临况属深秋节，怀古思今易惘然。

咏峨眉山云：

“奇峰突兀拨云伸，高逼天穹势欲腾。

放眼恍如离世界，低头哪复辨乾坤。

诚心应可期光相，慧眼端能见圣灯。

何必尽抛名利欲，袈裟一领弃红尘。”

皆有旁人未到之佳处，实可为名山增色。

传闻某夫子偶过柳堤。时当夏日，先生早已汗流满面，正欲借柳荫小歇，忽见草丛中仰卧一赤身大汉，心中颇为厌恶，亦颇感惑然。遂上前蹙眉问：“汝何人？如此赤身裸卧，岂不畏有伤风化？若是仙人，或可谅之。”大汉闻言，似从梦中惊醒，上下一瞥，见是一位先生，始暂抑己怒，笑答云：

“蝉唱声声夏日炎，方塘浴罢柳堤闲。

一时且任随心梦，几个真能赤裸眠。

树老遮荫风正软，草深置体地难坚。

世人莫道仙家好，恐怕仙家亦羡俺。”

吟罢不复置理，依旧倒身入睡。夫子无奈何，只得另觅小荫暂歇。

台湾某老人回大陆探亲。车入川蜀途中，睹窗外景物，忽萌诗兴，苦吟未得，邻坐者知悉，代赋一律云：

“古言飞箭似归心，总怨车犹缓缓行。

邻座如闻亲旧语，隔山已见故乡云。

桥头放眼江尤碧，路畔撩情柳倍青。

回首风尘卅九载，不堪盈泪付长吟。”

诗句质朴感人，老人览毕，欲致厚谢，诗人已不知去向矣。

后 记

周国志自幼喜欢钻在家中浩瀚的藏书里，受父亲热爱古体诗词的影响，九岁起开始学习创作诗词，等到正式在刊物上发表作品已过了三十七年，到出版第一本书更是过了五十多年。岁月沧桑，回首往事，令人真有不胜欷歔之感。

中国是一个以诗歌文化发源的文明古国、诗歌王国。在当代，仍有一百多万诗人在诗歌领域辛勤耕耘，但古体诗词低迷的现状，仍然未能改变。为了弘扬中华民族的国粹之一——古体诗词，为中国传统文化的复兴鼓与呼，总需要有人站出来做领军人物。在法律的层面上，领军人物可以是个人，也可以是社会团体。

周国志站出来了，他要扛起“诗王”这面大旗，“诗王”作为属于中国的一个文化品牌唱响世界；站出来了，他赴汤蹈火地站出来了，他愿意个0 万元奖励“诗王”，让属于中国的古体诗词的明珠在当代光芒四射，从而达到文化的传站出来了，他把自己当做靶子——自称抛砖引玉，引出高手，“诗王天下定殊誉，且掀古诗现代风”。很遗憾，时至今日，所有的射手都没有射中靶心——因为能够射中靶心的只能是诗人的作品，而不是流言蜚语。著名学者马悦然先生去年在成都讲了一句很精辟的话：“文学世界里，重要的不是头衔，而是作品。”路是人走出来的，每个人都有属于自己的路。只要不是歪路，周国志就不会停步，不管途中有险峰、激流，还是丛林、沼泽，借用毛泽东的诗句，就是“无限风光在险峰”。

借此记，我想告诉读者：周国志是一个诗人，一个用尽毕生的力量执意要走向诗歌王国的圣坛，采摘诗王桂冠的凡人；他一生做自己想做的、喜欢做的、能做的事，做自己认为有价值的事，不为世俗所左右；他追求独善其身，更追求兼济天下。这就是他要扛起诗王这面大旗的理由，也是他在当今国泰民安的时代对自己内心和行为的把握。当你们读到他第一本诗集《狂诗吟》的时候，你们会知道什么是滴水穿石的力量，也会认识到周国志离“诗王”的桂冠是远还是近……

谢谢读者。

其妻陈洪

于2008年

即将出他第